旅行使我们谦虚

毕淑敏 著

CNS PUBLISHING & MEDIA 中南出版传媒
湖南文艺出版社 HUNAN LITERATURE AND ART PUBLISHING HOUSE
博集天卷 CS-BOOKY

图书在版编目（CIP）数据

旅行使我们谦虚 /毕淑敏著. —长沙：湖南文艺出版社，
2012.10
ISBN 978-7-5404-5751-8

Ⅰ. ①旅… Ⅱ. ①毕… Ⅲ. ①散文集－中国－当代
Ⅳ. ①I267

中国版本图书馆CIP数据核字（2012）第204098号

上架建议：名家经典|散文

旅行使我们谦虚

作　　者：毕淑敏
出 版 人：刘清华
总 策 划：谢不周
创意推广：帝瑚文化传播有限公司
责任编辑：丁丽丹　刘诗哲
监　　制：张应娜
特约编辑：袭村野
封面设计：耶律阿宝猪
版式设计：共振设计
出版发行：湖南文艺出版社
（长沙市雨花区东二环一段508号　邮编：410014）
网　　址：www.hnwy.net
印　　刷：北京通州皇家印刷厂
经　　销：新华书店
开　　本：880mm × 1230mm　1/32
字　　数：162千字
印　　张：8
版　　次：2012年10月第1版
印　　次：2014年1月第2次印刷
书　　号：ISBN 978-7-5404-5751-8
定　　价：28.00元
（若有质量问题，请致电质量监督电话：010-84409925）

散文卷再版序

我是从当医生开始频繁地使用文字，那时每日要写病历和死亡报告等医疗文书。那种文字必定是客观、安静、恭谨与精确的描述。文字的应用，说简单，真是再家常不过了。你可以没有一寸土地，没有一颗粮食，但你依然可以拥有语言和文字。书写这件事的最低要求，是要让别人明白你的意思。高一些的要求，是要把你的意思说得尽可能引人共鸣。这是尚未过时的需要苦修的教养，是一个人思维本质的外化。如同习武之人对剑技和刀法的淬炼，你得日日潜心钻研。

多年前，我在北京郊区的农村买了几间小房，院子空荡荡，有野鼠出没（常常希望有狐，可惜没见过）。到了初春，植树节后，我从苗圃买回两棵梧桐树。它们，光秃秃的，又细又轻，不见一丝绿意，活像搭蚊帐的旧竹竿。我挖了宽敞的坑将它们的根须埋下，底部还施了从集市买来的麻酱渣。我先生说，这地方咱也没有产权，人家说不定哪天就收回去了，似不必如此上心。我说，就算人家把房子收了，这树也依然会生长。我们还是善待它们吧。

我以前知道法国梧桐叫悬铃木，觉得起这名字的人富有想象力和诗意。待自己植了这树，才发现它们的果实真是太像悬挂的小铃了。再呆笨的人，也会让它们拥有这个名字。不知道是不是我那两桶麻酱渣滓的效力，梧桐树发愤图强努力长大，几年的工夫，已经有四层楼高了，皮青如翠，叶缺如花。阔大的叶子像相思的巨手，每晚都在风中傻呵呵地为自己鼓掌。秋天的时候，它们会结出圣诞铃铛般的果实，自得其乐地晃荡着，发出我们听不见的叮当之响。阳光透过叶子抛洒在地面上，红砖墁砌的地就被染上点点湿绿，重叠成深沉的暗咖色。我懊恼地想，早知道梧桐绿得这样狠，不如当初垫了灰蓝的砖，索性让它们碧成一坨，比如今这般缠丝玛瑙似的绞着好。

突然，我看到头顶的斑驳中有一只清爽的鸟，在绿叶中跳跃，好像在和另外一只鸟捉迷藏。细细看去，其实并没有另外一只鸟，它是单身。但如果没有另外一只鸟，它如此执着地在我家悬铃木上钻来掠去，是何用意呢？想起“却是梧桐且栽取，丹山相次凤凰来”，莫非凤或凰的雏鸟被我家的梧桐引了来？成年的它们是绚彩的，不知幼小时也曾披过素衣？

人无法猜透一只鸟的心思，就像我们无法洞彻人生。不像梧桐是先知先觉的，它和秋天有秘密的联络孔道。要不，怎么会“梧桐一叶落，天下皆知秋”呢。

好几天，那鸟不辞劳苦地穿行于我家的悬铃木间，看得出它更属意东面的那一棵。我现在已经辨认出它是一只喜鹊，不是那种灰头土脸、吃松毛虫的小个子灰喜鹊，而是眉清目秀、黑白相间的长尾巴花喜鹊。

它来我家的时候，像一架民航货机，滞重迟缓载着货物；飞离的时候就一身轻松，活泼轻快，赶路匆匆。它确实是有伴的——另一只花喜鹊，黑和白的部分似乎均比早先这一只更大更鲜明，许是一只雄鸟吧。当我确认它们是一家之后，也就知道了它们的用意。两只喜鹊每天辛辛苦苦地衔来各色树枝，是要在悬铃木上搭一巢穴，迎接新生命的降生。

一只喜鹊窝，要搭建多少枝条？要衔来多少草梗？要倾注多少气力？要呕沥多少心血？要耗费多少光阴……

听到我自言自语，路过的原住民老婆婆说，喜鹊选搭窝的地方时可心细呢。天上头要没有北风，地下面要没有凶兆，远处要没有打扰，近处要没有响动……最用心的窝，喜鹊要啄下身上的羽毛，铺垫得暖暖和和，小喜鹊孵出来后才活蹦乱跳。

我没见过自拔胸羽的喜鹊，这两只鸟好像也没有这般忘我。但我不得不信老婆婆的话。她说这些话的时候，摇晃着满头坚硬的白发，配着漆黑的旧衫，目若朗星。我疑心她在以往的哪一辈子曾做过鹊妖。

等着听小喜鹊叫吧。早报喜，晚报财，不早不晚报客来。她胸有成竹地说，好像未来的小喜鹊是她派往我家的儿童团。

为了节省喜鹊夫妇的时间，我约莫了一下它们搭巢所需建材的长短，捡了一堆草梗和树枝放在院子里，期望它们就地取材。但喜鹊夫妇胸中自有拟好了的蓝图，有我们不知的选材标准，对此视而不见，依然辛辛苦苦地到远处去衔枝。它们不屑。

鹊巢终于搭好了，小喜鹊在这里降生，一窝又一窝。

在两棵梧桐树和喜鹊家族的陪伴下，我写下了收入这套文集散文卷中的很多作品。我用时间的树枝搭起了这个文字的喜鹊窝。喜鹊本是单调的凡鸟，只有黑白两色，全无时尚的外观。它的窝也是粗糙和朴素的，甚至有一点边设计边施工的乱七八糟。不过，我在这个窝中垫入了一缕缕羽毛，它们来自我沧桑的岁月和我温热的心房。

毕淑敏

2012年7月27日

目录

旅行使我们谦虚 [001 ■
带上灵魂去旅行 [004 ■
北纬66度 [009 ■
海盗的诗 [027 ■
山妖的阶梯 [038 ■
丹麦的独腿锡兵 [042 ■
生当做瀑布 [054 ■
在北欧游轮上 [063 ■
只有贝加尔湖知道 [073 ■
在海参崴闭上眼睛 [092 ■
如果你没有看到过钻塔 [095 ■
在阿穆尔湾请愿 [110 ■
珊妮兵团 [118 ■
海明威的最后一分钱 [125 ■
浮潜加勒比海 [131 ■
甲虫冰激凌 [141 ■
斯特朗的地毯鞋 [159 ■

莎草纸 [163 ■

戴胡子的女法老 [181 ■

轰先生的苹果树 [185 ■

冻顶百合 [190 ■

桦树舍利 [197 ■

亚心守望者 [200 ■

陇西行 [204 ■

轻松山房 [239 ■

玛瑙人 [242 ■

旅行使我们谦虚

由于工作的关系，常常旅行。旅行比居家的时候辛苦，这是不消说的。中国有句古话——在家千日好，出门一时难，说的就是这份不易。但时间长了，待在家里，筋骨锈了，就会生出一份隐隐的焦灼，迫不及待地想到外面走走去。

是什么诱惑着我们放弃安宁和舒适，离开温暖的家，在某一个清晨或是深夜，毅然到遥远的他乡去了呢？

当然，很多时候，是为了谋生，为了无法推卸的责任和理由。但是，随着温饱的解决，我们越来越多自觉自愿地选择了——人在旅途。

一次，我应邀到国外访问。在规定的活动完结之后，主人很热情地让我挑选一个完全自由的项目，以便我可以更深入地了解这个国家。我想了想，提笔写下了：“乘坐火车或是长途汽车，在大地上旅行。”主人看了看那张纸说：“好，我们很乐意满足您的要求。只是，您的目的地是哪里呢？您究竟要到哪里去呢？”

我说：“没有目的地，不到哪里去。坐着车在土地上行走，就是目的，就是一切了。”

我固执地认为，要真正认识一个国家、一个民族、一块土地、一处山水，你必得独自漫游。

旅行使我们谦虚。飞驰的速度，变换的风景，奇异的遭遇，萍逢的客人……这一切旅途中可能发生的事件，强烈地超出了我们已知的范畴，以一种陌生和挑战的姿态，敦促我们警醒，唤起我们的好奇。在我们被琐碎磨损的生命里，张扬起绿色的旗帜；在我们被刻板疲惫的生活中，注入新鲜的活力。

久久的蜗居，易使我们的视野狭小、胸怀逼仄、肌力减弱、肺廓扁平……这个时候，收拾好行囊，辞别了亲人，踏上旅途吧！

珍惜旅途吧！火车上那些不眠的夜晚，凭窗而立，看铁轨旁一盏盏路灯，闪着紫蓝色的光芒，倏忽而逝，许多记忆幽灵般地复活了。

人们常常在旅途中，猛地想起湮灭许久的往事，忆起许多故人的音容笑貌。旅行好像是一种溶剂，溶化了尘封的盖子，如烟的温情就升腾出来了。

人们常常在旅途中，向相识才几小时的旅伴倾诉衷肠，彼此那样深刻地走入了对方的精神架构。我甚至知道几位青年，竟这样找到了自己的终身伴侣。

有人把这些解释为——旅途使人们亲近，是因为没有利害关系。我不同意这个观点。正是因为同乘一列车、同渡一条船，才使我们如此亲密。旅行使人性中温暖的那些因子弥散开来。

旅途也有困厄和风雨、艰难和险恶。但是，这不会阻止真正的旅行者的脚步。旅行正是以一种充满未知的魅力，激起人们不倦的向往。

带上灵魂去旅行

人的知识永远是不完备的，他无法知道一个地区或是一个时代是否就是空间和时间的全部。从这个意义上讲，我们每个人都是井底之蛙，所不同的只是栖息的这口井的直径大小而已。每个人也都是可怜的夏虫，不可语冰。于是，我们天生需要旅行。生为夏虫是我们的宿命，但不是我们的过错。在夏虫短暂的生涯中，我们可以和命运做一个商量，尽可能地把这口井掘得口径大一些，把时间和地理的尺度拉得伸展一些。就算最终不可能看到冰，夏虫也力所能及地面对无瑕的水和渐渐刺骨的秋风，想象一下冰的透明清澈与痛彻心肺的寒冻。

旅行，首先是一场体能的马拉松，你需要提前做很多准备。先说说身体方面。依我片面的经验，旅行的要紧物件有三种。

第一，当然是时间。人们常常以为旅行最重要的前提是钱，于是就把攒钱当成旅行的先决条件。其实，没有钱或是只有少量的钱，也可以旅行。关于这一点，只要你耐心搜集，就会找到很多省钱的秘诀。如果把一个人比作一辆车，驱动我们前行的汽油，并不是金钱，而是时间。这个道理极其简单，你的时间消耗完了，你任何事都干不成了，还奢谈什么呢？或者说，那时的旅行只有一个方向，就是地心了。

第二桩物件，是放下忧愁。忧愁是旅行的致命杀手，人无远虑，乃可出行。忧愁是有分量的，一两忧愁可以化作万只秤砣，绊得你跌跌撞撞鼻青脸肿。最常见的忧愁来自这样的思维：把这笔旅游的钱省下来可以买多少斤米多少缕菜，过多长时间丰衣足食的家常日子。将满足口腹之欲的时间当作计量单位，是曾经有用现在却不必坚守的习惯。很多中国人一遇到新奇又需要破费的事，马上把它折算成米面开销，用粮食做万变不离其宗的度量衡。积谷防饥本是美德，可什么事都提到危及生命安全的高度来考虑，活着就成了负担。谁若一意孤行去旅行，就咒你将来基本的生存都要打折，食不果腹、衣不蔽体、流落街头……别怪我说得凄惶，如果你打算做一次比较破费的旅行，你一定会听到这一类的谆谆告诫。迅即地把诸事折合成大米的计算公式，来自温饱没有满足的农耕时代遗留下来的精神创伤。如果你一定要把所有的钱都攒起来用于防患于未然，这是你的自由，别人无法干涉。可你要明白，身体的生理机能满足之后，就不必一味地再纠结于脏腑。总是由着身体自言自语地说那些饥饱的事，你就灭掉了自己去看世界的可能性，一辈子只能在肚子画出的半径中度过。这样的人生，在温饱还没有解决的往昔，是不得已而为之，甚至可能成为能优先活下来的王牌。在今天，就有时过境迁、过于迂腐之感了。

第三桩，是活在身体的此时此刻。此话怎讲？当下身体不错，就可以出发，抬腿走就是，不必终日琢磨以后心力衰竭的呕血和罹患癌症的剧痛。我琢磨着自己还有能力挣出些许以后治病的费用，我相信国家的社会保障机制会越来越好。我捏捏自己的胳膊腿，觉得它们尚能禁得住摔打，目前爬高上低、风餐露宿不在话下。若我以后真是得了多少万人民币也医不好的重症，从容赴死就是了，临死前想想自己身手矫健耳聪目明时，也曾有过一番随心所欲的游历，奄奄一息时的情绪，也许是自豪。

我是渐渐老迈的汽车，油料所剩已然不多。我要精打细算，小心翼翼地驱动它赶路。生命本是宇宙中的一瓣微薄的睡莲，终有偃旗息鼓闭合的那一天。在这之前，我一定要抓紧时间，去看看这四野无序的大地，去会一会英辈们留下的伟绩和废墟。

终于决定迈开脚步了。很多人有个习惯，出远门之前，先拿出纸笔，把自己要带的东西都一一列出。旅游秘籍中，传授这种清单的俯拾皆是。到寒带，你要带上皮手套、雪地靴，到热带，你要带上防晒霜、太阳镜、驱蚊油。就算是不寒不热的福地，你也要带上手电筒、黄连素加上使领馆的电话号码……

所有这些，都十分必要。可有一样东西，无论你到哪里，都不可须臾离开，那就是——你可记得带上自己的灵魂？

据说古老的印第安人有个习惯，当他们的身体移动得太快的时候，会停下脚步，安营扎寨，耐心等待自己的灵魂前来追赶。有人说是三天一停，有人说是七天一停，总之，人不能一味地走下去，要驻扎在行程的空隙中，和灵魂会合。灵魂似乎是个身负重担或是手脚不利落的弱者，慢吞吞地经常掉队。你走得快了，它就跟不上趟儿。我觉得此说法最有意义的部分，是证明在旅行中，我们的身体和灵魂是不同步的，是分离分裂的。而一次绝佳的旅行，自然是身体和灵魂高度协调一致，生死相依。

好的旅行应该如同呼吸一样自然，旅行的本质是学习，而学习是人类的本能。身为医生，我知道人一生必得不断地学习。我不当医生了，这个习惯却如同得过天花，在心中留下斑驳的痕迹。旅行让我知道在我之前活过的那些人，他们可曾想到过什么、做过什么。旅行也让我知道，在我没有降生的那些岁月，大自然盛大的恩典和严酷的惩罚。旅行中我知道了人不可以骄傲，天地何其寂寥，峰峦何其高耸，海洋何其阔大。旅行中我也知晓了死亡原不必悲伤，因为你其实并没有消失，只不过以另外的方式循环往复。

凡此种种，都不是单纯的身体移动就能解决问题的，只能留给旅行中的灵魂来做完功课。出发时，悄声提醒，背囊里务必记得安放下你的灵魂。它轻到没有一丝重量，也不占一寸地方，但重要性远胜过GPS。饥饿时是你的面包，危机时助你涉险过关。你欢歌笑语时，它也无声扮出欢颜。你捶胸顿足时，它也滴泪悲愤……灵魂就算不能像烛火一样照耀着我们的行程，起码也要同甘共苦地跟在后面，不离不弃，不能干三天停一天地磨洋工。否则，我们就是一具飘飘荡荡的躯壳在蹒跚，敲一敲，发出空洞的回音，仿佛千年前枯萎的胡杨。

北纬66度

北纬66度33分是地球上假设的一条线，一条非常重要的线。为什么这样说？因为这是北极圈的标志。在这个纬度之上，就进入了广袤荒凉的北极。

冰岛的国土有很大部分在北极圈以内，我们问有何特产值得一买？当地导游是入了籍的华人，咂着嘴说：“冰岛的物价很贵，日用品基本上都是从欧洲运来的，除了鱼类制品和蓝湖的火山泥化妆品，别的就不必买了。如果你一定要买点东西做纪念，就买冰岛各式各样的钥匙链吧，虽然也不便宜，毕竟还能承受得了。”

我在冰岛看中了一样东西，叫作“高山之巅”。它像一听可口可乐，铝质小罐，密封，很轻。拿在手里，好像是空的。弹一弹，声音虚怀若谷，还真是空的。其实它千真万确就是空的，如果我们回到“空”的本意上来。原来，罐子里盛装的是冰岛高山之巅的空气。还有的罐子里装的是冰川之上的空气，想必更寒冷清冽一些吧。

计算了一下价钱，每罐空气约合人民币70元，不知道拉开罐盖大口吸入，能不能保持一分钟？从实用的角度来看，价值几乎是零，但按照我的喜好，会买下来。我一厢情愿地认为，人到过一些地方，由此所产生的思绪需要附着在一些物件上面，就像人的肌肉要长在骨骼的关节之上，才能屈伸自如。没有了可以伸缩的基点，记忆岂不变成了一堆肉馅？买不买呢？迟疑不决，因为我是一个怕老公的人。

早年间，还没有豪华到赴国外旅游，只在国内转悠。我买回一些当地的小玩意儿，摆在书橱里，常常拿出来观赏。时间一长，也就渐渐疏淡了。一次，突然想起在桂林买下的竹制漓江小舟和鱼鹰模型不见了，就问先生。

先生狡黠地一笑说：“你还记得那东西啊？”

我说：“当然记得了。坦白吧，你到底把它们弄到哪里去了？”

先生交代：“春节的时候，我看它们灰尘满面，想擦一擦。不料那只黝黑的鱼鹰刚一沾抹布，就瘫成一堆泥，原来是臭焦油捏的。鱼鹰怕水，失了形状。竹制的小舟也因为烧了暖气，干燥得裂了口，只好一并丢掉。本想马上就告诉你，后来转念，倒要试试你需要多久才会想起它们，才会发觉它们其实已不在。这不，已经快到中秋节了，你才念叨它们，可见没多少感情了。屋里就这么大点空间，以后你走的地方越来越多，照这个样子买下去，咱家就成地摊了。”

我哑口无言。买东西的钱是一次性支出，就算昂贵，也是有限的。但日久天长地摆放和擦拭，是持之以恒地占据和劳作。我主张简单生活，不愿麻烦他人。既然自己不能承担起打扫纪念物的责任，家又是公共空间，就只能节制和收敛了。于是决定除了万分必要，我不再购买没有实用价值的纪念品。

罐装冰岛的空气，就忍痛割爱了。

我没有买冰岛的钥匙链。我已退休，只有一把家门的钥匙，不必这样烦琐。我没有买冰岛的鱼制品，路途迢迢恐生腐臭。我也没有买冰岛蓝湖的火山泥润肤品，东方人的体质可能水土不服。

一日，气温骤降。来自北极的冷酷寒气刺入每一个毛孔，我们瑟瑟发抖，将所有的御寒服装披挂在身。有的人干脆把一双双连裤袜重复套上，腿粗如象，增强保温能力。

当我们蜷成一团尽量缩小散热体积之时，导游小伙子面色红润，手舞足蹈，毫不惧冷。我们就说，到底年轻。又说，一定是冰岛的生猛海鲜吃多了，火力壮。

导游揪着自己的衣服说：“你们说的其实不是，全凭的是它。”

一件淡蓝色的夹克，毛茸茸的，样式不错，但也说不上多么时髦，初看和咱们的腈纶粒绒服装没有太大的差别。导游示意我可以用手摸摸。接触了实物，立即就分出高下。导游的夹克非常细软，料子柔若无骨，丝般顺滑。

我说：“这叫什么东西？”

导游说：“北纬66度。”

我说：“不是问牌子，是问材料。”

导游说：“这我也不大清楚，冰岛本地人称它为羊羔绒，是一种合成纤维面料，保暖性能非常好，我叫它火龙衣。你知道咱们中国的民间故事中有一种衣服，寒冬腊月天能把人热得满头大汗，就是它了。”

我疑惑地说：“不是吧？故事里的火龙衣可不是一件真的衣服，是指穷苦人不停地干活用汗水抵挡严寒。火龙衣是编出来骗地主老财的。”

导游笑道：“可能出国的时间长了，我记不大清楚了。我说的火龙衣，完全是正面的意思，是表扬它抗寒性特别好。在冰岛以外的地方，我还真没看见过这种衣服，也许别的地方没有这里冷，不需要开发这种抗寒衣料吧？你若问冰岛有什么特产，这‘北纬66度’就是当地的名牌了。”

所言不虚。在所有的旅游商店里，都悬挂和摆放着各种颜色和款式的“北纬66度”，令人目不暇接。特别是那些童装，雪白粉紫、青翠碧蓝、金红鹅黄……看一路，连眼光都暖起来。柔和轻盈，似乎只能穿戴在天使身上。

我痛下决心，对导游说：“我要买一件‘北纬66度’。”

导游说：“买吧，你回国后一定觉得物有所值。买哪件，我帮你参谋。”

我说：“不好意思，我不想在旅游店里买。到冰岛人日常买东西的商店去，可以吗？”

我打了两个算盘，一是物价会比较便宜，二是我想看看当地居民购物的场所。如果你想了解一个地方的风土人情和百姓们的生活状况，商店是一定要去的。看看柴米酱醋盐的标价，比什么官方介绍都更入木三分。

导游答应了，带我们进了冰岛首都雷克雅未克最大的商场。购物条件非常好，明亮、温暖、宽敞，和北欧的其他国家差不多，唯一不同的是物价更贵。大致浏览一圈之后，我一头扎进了“北纬66度”的专柜。挑来拣去，为先生选中了一件夹克衫，藏蓝色，样式很大众化。

回到家中，我献宝似的拿出“北纬66度”，先生试穿之后，非常合适，颜色也正是他所喜爱的。闻听了价钱之后，他山河变色道：“太贵了。以这个钱数，到小商品批发市场，最少可以买到十件。”

我相信他说的是实话，也不分辩，只是默默地等待着。冬天到了，北风起了。北京的三九时分，很有几天北风萧萧。我请他穿起“北纬66度”。第一天回来，先生就说：“这个衣服是值这个钱的。”

我不语，以德报怨。

说起旅游购物，还有几件小事留在记忆中。

芬兰首都赫尔辛基，是个美丽的以白色为基调的城市。导游介绍道，如果两个人手拉着手，并且平伸着臂膀，在人行道上前行500米，不会被人从对面走过来打断。这说法乍一听有点费解，想想方才明白。两人并排平伸胳膊携手，体宽再加上双臂展幅占地就在3米之上，走了许久还碰不到人，说明赫尔辛基道路宽阔，行人寥寥。

赫尔辛基空气极其清新，据说可吸入颗粒物的含量是“0”。我问导游，此地有什么好东西？那是一个中国国籍的小姑娘，说，这里好东西多了，只是道路宽阔和空气新鲜，带不走。剩下的最好的东西，我看是诺基亚手机和驯鹿皮。

诺基亚手机的总部设在芬兰，我们观看过那座几乎完全是由玻璃幕墙构建的大楼，听说里面的会议室都是以城市名字命名的，你可能上午在柏林开会，下午就到伦敦相聚。我说，手机我有一部老式的海尔已足够，驯鹿皮我倒是很有兴趣。

喜欢那个喜气洋洋的老头，戴着垂肩的红软帽，裹着窝窝囊囊的红皮袍，脚蹬结结实实的长筒靴，满头银发和垂到腰际的胡子好像在比赛谁更白更亮。最重要的是，他不辞劳苦地扛着无数个红袋子，里面塞满了送给人们的礼物。

这个老汉就是大名鼎鼎的圣诞老人。在白雪皑皑的冬夜，这个上夜班的老爷爷，拜访千家万户，送去祝福和快乐。

老人岁数大了，扛着大包袱走路太辛苦，速度也慢，会让渴求礼物的小孩子们等到很晚。天黑雪滑，他老眼昏花又没有驾照，肯定是开不成车。礼物又多又沉，没法骑自行车，用什么代步？

圣诞老人爬上了雪橇。谁来拉雪橇啊？八只驯鹿！

我很小的时候，听到了这个故事，对圣诞老人感情倒还一般，只知道他是个外国人。那时候，中国人对所有的外国人，除了苏联人之外，都有疏离之感。唯有对那八只拉着雪橇的驯鹿充满神往。想想吧，在漆黑的雪夜里，只有从林间隙透过的点点星光，八只浑身布满美丽斑点的长角驯鹿，眼睛里充满安详和赶路的兴奋，宽大的蹄子在冰雪上渺无痕迹地掠过，皮毛被掠起的风吹得纷披而下，像一道褐色的闪电擦过雪原……

关于驯鹿，我们还知道些什么？

导游是个美丽的中国女留学生，名叫佳佳。佳佳以前在国内的时候，曾看过我的作品，接机的时候认出我，因此我们十分友善。她告诉我说，“驯鹿”一词源于印第安语，意思为掘地觅食的动物。驯鹿是异常勇敢的生灵，生活在北极圈附近，雌鹿体重可达150多公斤，雄鹿较小，为90公斤左右。雄、雌鹿都生有一对树枝状的犄角，可达1.8米，每年更换一次，旧角刚刚脱落，新的就开始生长。驯鹿中不但雄鹿有鹿角，雌鹿也长鹿角，为什么如此？这是由客观生存条件决定的。北极气候严寒，植被稀疏。怀孕的母鹿为了抢到更多的地衣、草根、苔藓等食物，需要跟强壮的同伴们争抢，只能巾帼不让须眉地长出角来。

阿拉斯加冰原地区冬季气温可降至零下60摄氏度，为了抵御寒冷，驯鹿不仅全身覆盖皮毛，连嘴鼻部都长有浓密的须毛。

驯鹿虽然温驯善良，却并非人工驯养出来的，由北欧拉普人管理的驯鹿是大范围圈养的。

驯鹿毛很有特点。长毛中空，充满了空气，不仅保暖，游泳时也增加了浮力。贴身的绒毛厚密而柔软，就像是穿了一身双层的皮袄。

驯鹿群每年都要进行一次长达数百公里的大迁徙，遇山翻山，逢水涉水，勇往直前，前仆后继，万死不辞。春天一到，它们便离开赖以越冬的亚北极森林和草原，沿着几百年不变的既定路线往北进发。

北极圈西部一带生活着50多万只驯鹿，庞大的种群里每年春季都会有数万只母鹿即将临产。地衣、草根等食物所含养分较少，数量也很有限，根本无法满足孕鹿所需的营养。为了确保自己的孩子出生在食物充足的地方，让亲爱的孩子身强体壮，在返乡的路途中能够存活，勇敢的孕鹿一刻也不敢耽搁，在白昼稍见增长的2月初，就最先踏上迁移的征途。

总是由雌鹿打头，雄鹿紧随其后，浩浩荡荡，长驱直入，日夜兼程，边走边吃，匀速前进，秩序井然。

驯鹿们沿途脱掉厚厚的冬装，生长出新的薄薄的长毛。绒毛掉在地上，正好成了天然的路标。年复一年，不知已经走了多少个世纪。

它们从阿拉斯加东部的苏瓦半岛出发，平原的尽头，宽阔的库伯河横亘在驯鹿的面前。这是驯鹿们需要逾越的第一道天然屏障。正常情况下，驯鹿们可以趁着结冰期过河，如果春天提早来临，河面出现大规模破冰，融冰使河水暴涨，它们只能冒险。大多数母鹿都有察觉冰层薄厚的本领，会谨慎地挑选一条安全路线。年轻母鹿缺乏过河经验，有的会掉入冰河。尽管驯鹿善于游泳，可是冰河的温度很低，游累的母鹿会爬上浮冰歇息。浮冰顺流而下，可能将疲乏的母鹿带离群体，也可能让其迷失方向，最后溺死。

逃过冰河之劫的母鹿们以为可以暂时喘息一下，没有留意身边还有另一个会走动的危险——它们的天敌大灰熊结束冬眠了，正需要填饱空了一冬的肚子。牺牲了几个大意的同伴之后，其余的孕鹿开始翻山越岭，进入另一阶段的征程。野狼在这里成群出没，危险无时不在。

天气变暖了，苔原地区进入产期的动物不只是驯鹿，南方野狼也快要当妈妈了。对于驯鹿来说，野狼捕食量大增当然不是好消息。要想到达目的地还要翻过布鲁克斯山脉，越过尤塔卡河，可是孕鹿顾不了这些，它们马上就临盆了。

幼鹿出生后几小时就会直立、行走，一天之内奔跑的速度就会超过人，在很短的时间内就会自己觅食。拥有如此迅速的生长速度，是大自然赋予幼鹿的独特本领，它们必须尽快强壮起来，跟着妈妈一起跨越尤塔卡河。

6月苔原地区进入了短暂的夏天，到处都是绿油油的青草和盛开的野花，在各种维生素和氮、磷脂的滋养下，幼鹿很快就会强壮起来。

最后一批来此的驯鹿一个月后才能享受到这些。跟先出生的幼鹿相比，落在后面的孕鹿生出的幼鹿就要弱小得多。

水面宽阔，有经验的母驯鹿知道幼鹿过河危险性很高，会挑选水流和缓的地方让幼鹿下水。相反，有些年轻的急脾气的母鹿会带小鹿逆流而上，致使幼鹿还未上岸就已筋疲力尽。湿淋淋的幼鹿无力上岸，母鹿再焦急也帮不上忙。体力差的幼鹿就此丧生，就算侥幸上岸，绵延数里长的驯鹿群已经走远，这些幼鹿很可能落入大灰熊或者野狼的口中。

7月苔原雨水较多，地面上积存了很多水洼，滋生了大量蚊蝇。此时的驯鹿已经长出了新的鹿茸。初生的鹿茸表面十分脆弱，里面含有大量血液，是蚊蝇围攻的主要目标。每天，每只驯鹿都会为此损耗一定的鲜血。

苍蝇最喜欢将蝇蛆生在驯鹿的鼻孔中，而蝇蛆将在其鼻孔中寄生。为了驱赶身上的蚊蝇，驯鹿不得不重新爬上布鲁克斯山脉，让山风帮忙。

8月下旬，北极圈的头一阵冷风袭来。驯鹿深知这一讯号的含义：几周后大雪就会来临。雪困之前，它们必须离开，漫长的迁移之旅又开始了。

驯鹿肉是上好的食品，跟牛肉的味道差不多。皮可以用来缝制衣服、制作帐篷和皮船。骨头则可做成刀子、挂钩、标枪尖和雪橇架等，还可以雕刻成工艺品。

感谢佳佳的这番介绍，让我们对驯鹿多了了解，更多了敬佩。人是需要敬佩一些动物的，为它们所具备的我们业已丧失的智慧和勇气。

敬佩演变成了尽快购买驯鹿皮毛的欲望。佳佳说："咱们就到南码头吧。"

位于市中心参议院广场上的赫尔辛基大教堂及其周围淡黄色的新古典主义风格的建筑，是赫尔辛基最著名的建筑群。在大教堂附近，就是南码头。那里是停泊大型国际游轮的港口，北侧建有总统府。总统府建于1814年，原是沙皇的行宫，1917年芬兰独立后成为总统府。总统府西侧的赫尔辛基市政厅大楼建于1830年，外观至今仍保持着原来的风貌。南码头广场上有常年开设的自由市场。虽然是露天的，却找不出丝毫的杂乱与匆忙，处处洁净而整齐。在色彩缤纷的小棚子底下，贩卖着花草、蔬果、食物、玛瑙、水晶、琥珀、芬兰刀具等，色彩纷呈。当然最多的是新鲜鱼类，鱼鳞闪着紧致而幽蓝的光，瓷白色的鱼眼炯炯有神地看着你。

找到一个出售皮毛的摊位，驯鹿皮堆满柜台。摊主是个小伙子，态度友善。我问佳佳："什么样的驯鹿皮算是好的呢？"

她说："您是打算铺沙发还是挂在墙上？"

我想这么清丽的驯鹿皮，若是垫在屁股底下，暴殄天物了，就回答："挂在墙上。"

佳佳又问："喜欢什么颜色？"

我说："有分别吗？"

姑娘说："白色的驯鹿皮最美丽，但很稀少，价钱昂贵。比较大众化的是咖啡色有白色斑点的那种，给圣诞老人拉雪橇的驯鹿，就是咖啡色的。"

我说："那就要咖啡色。"一是因为囊中并不宽裕，想那罕见的白色驯鹿皮，可能消费不起；二是我想看到真正拉过圣诞雪橇的那种驯鹿。

驯鹿皮比常见的羊皮要大，毛也要长一些，稍显粗硬，但很有弹性。在浅褐色的底子上，有椭圆形的白色斑点，好像没有融化的大朵雪花。驯鹿皮保温性能特别好，芬兰人冬天坐在河边砸开冰洞钓鱼，屁股底下垫一张驯鹿皮，根本不会受寒得老寒腿什么的。听说驯鹿奇特地实行着双重体温，小腿以下的温度要比躯干低10摄氏度左右。蹄子和腿经常埋在冰雪里，降低温度就有利于体温的保持……多神奇！

我像扯旗那样撑开驯鹿皮，一张张翻看，想找到最有特色的皮毛挂在自己家中。驯鹿的花纹气象万千，绝无重复。我把预备精选的皮张放在一旁，佳佳便把它们翻转过来，审视背后的质地。我说："看后不看前，为什么？"佳佳说："挑选驯鹿皮，毛色花纹固然重要，也要注意皮子的内在质量。每只驯鹿生前的营养状况不一样，受过蚊虻叮咬或受伤，就会在皮肤上留下小黑点，皮毛寿命就会受影响。只有那些最健壮的驯鹿皮毛，才光彩照人。"

感谢佳佳教诲，我淘到了一张美丽的驯鹿皮。接下来的步骤就是谈价钱了。佳佳向笑眯眯地看着我们挑皮子的芬兰小伙子询了价，每张60欧元。

大约合人民币600元。我小声问佳佳："能不能便宜一点呢？"佳佳吐吐小舌头说："估计不成，他们通常是不还价的。"佳佳虽然这样说了，但还是又问了一遍。小伙子很友善但是很坚决地拒绝了。

几位同行伙伴走了过来，看到驯鹿皮也很喜欢，就对佳佳说："我们也要买，多买几张是不是可以便宜些呢？"

佳佳又一番紧锣密鼓地交涉，无功而返。小伙子笑眯眯地回了我们批发的建议。于是，我们每人都以60欧元的价钱买下了驯鹿皮。佳佳说："小伙子说，他的驯鹿皮是最便宜的。"后来到了其他地方，看到售卖驯鹿皮的商店，价钱在70~90欧元，也有卖到100欧元的，看来南码头的芬兰小伙子说得很实在。

说了两次在国外购物的经历，也说一件在咱们国内买东西的事。那天和女编辑家邓邓在江南的一条古街上漫步。下着小雨，滴水的瓦檐和彤亮的灯笼，让人恍惚回到了唐朝。我把这感觉说给邓邓听，邓邓说这也太古老了。我说："那就相当于回到了清朝，反正封建社会几千年，差别不大。"我和邓邓一边说笑着，一边在古街上缓缓地踱步，看到店铺就走进去，相中了就买，相不中就飞快地出了铺子，再拐进对面的店。几番下来，邓邓说："不能像一根针似的，来回乱穿，这样很可能把一些最好的店铺闪过去了。咱们去时只看左边，回时再看右面的店，好不好？就一家都不会空过了。"我说："好，好。"

我们检阅般地一家家店铺浏览过去，看了山货店，又看茶叶店，看了古玩店，又看首饰店……有一种店，我和邓邓都不看，这就是砚台店。倒不是我们不喜欢，只是从街面就可以觑到那砚台价签上令人眼晕的零，价格成千上万。自忖没有那个经济实力，看也白看，自觉地绕着走。

该看的都看了，手中也渐渐大包小包地沉重起来。往回走的时候，同类的店就没有心思细看了。

邓邓说：“咱们也进砚台店看看吧。”

我说：“看了也买不起，人家老板会烦的。”

邓邓说：“咱们脸上又没有写着字，老板怎能知道咱们到底买还是不买？此地是中国名砚的产地，砚台店就好似博物馆，咱们不妨欣赏一下。”

邓邓人长得漂亮，衣着也考究，举手投足间有一股书卷气，看起来像是个买得起砚台的人。进得门，有个小伙计模样的人走过来，说：“小姐要买砚台啊？”

邓邓说：“先看看。你们的好砚台都在哪里啊？”

我在一旁暗笑，心想如果是个行家，还要问伙计什么是好砚台吗？

邓邓不笑，一本正经地看着小伙计，等着下文。雨渐渐大了，天色也晚了，进店来的客人不多。小伙计看邓邓仪态万方的样子，也乐得做个介绍。他先从砚台的石头产地说起，再说到这里出的砚台源远流长，曾送给过多少国家作为礼物……

我和邓邓似懂非懂，小伙计大方地批准我们可以摸摸名砚。战战兢兢地用手触了石面，果然如同婴孩的肌肤一样滑腻温凉。再看四周星罗棋布的砚台，不知将目光聚焦在哪一方上最好。几块硕大无朋的砚台，几乎有伞盖大小，不知要研磨多久，才能让清水变黑？

在店里徘徊了约半小时，受益匪浅。感谢诲人不倦的小伙子，让我们迅速从砚盲变得稍通常识。

邓邓倒背着手，巡视了一番后，对小伙计说："把你们最好的砚台拿出来让我们看看。"

小伙计一时语塞，说："好砚台都在这里了，您不是都看到了吗？"

邓邓说："就这些啊？总还有些更好的吧？比如镇店之宝什么的，拿出来吧！"

小伙计非常为难地说："能让你们看的，你们都看到了。"

我悄悄扯扯邓邓，说："你这语气有点像女皇，逼着人家把最好的东西贡出来。你买得起吗？"

邓邓在暗影里悄声说："买肯定是买不起，但买不起就不能看看吗？"

我们俩正说着悄悄话，一老者不知从何方突现，朗声说："谁想看我的镇店之宝啊？"

老者一身青布裤褂，盘扣直锁到颌下，在夏天的夜晚，显得很严谨。墨汁一样清亮的双眸，打量着我们。

邓邓说："您是老板吧？"

老者说："我是。请问你们是什么人？"

邓邓说："我们也是舞文弄墨的人。不过，我们舞的文字出自电脑，用的墨是喷墨打出来的，和传统有些隔阂了，今天到贵店补补课。"

老板笑着说："我已经听了一会儿你们的谈话，看你们不像是当官、做生意的人，就让你们看看我的宝贝吧！"说完示意小伙计从隐秘处端出一个蓝印花布包裹。他郑重地一层层打开蓝印花布，闹得我们也紧张起来，屏着气，好像那里面睡着一个活物。

打开最后一层蓝印花布，露出一个雪亮的盒子。说它是雪亮的，是因为在第一时间我们都被盒子本身反射的光芒耀花了眼，一时分辨不出它的具体色泽。待眼睛慢慢习惯了这种光芒，才看出那盒子是木质的，漆着赭色的漆。

打开木匣，一方漆黑的砚台露出来，黑得好像藏北的夜。砚台上有一片狭长的金晕，被艺术家勾勒成了奋笔疾书的王羲之。砚身上密集的金星，被艺术家勾勒成了《兰亭序》的全文，还有曲水流觞的荡漾波纹……

这真是一方奇砚，把石材的天然肌理和悠长的历史天衣无缝地凿在了一起，让人惊讶得说不出话来。

老者说："金晕金星，其实就是硫化物的颗粒，它们入到墨里，墨就含了硫，用这种墨汁书写的字迹、画下的山水，千年不蛀。"

我想："如今多少文字稍纵即逝，谁还曾想过流传千年？"

老者说："这方砚台，集中了四位艺术家的毕生智慧。"

我们问："哪四位呢？"

老者说："先要有一位设计家，他面对着一块石材昼夜苦思冥想，石头都是有形状的，石头都是有色彩的，一定有一个最佳的设计藏在这方不言不语的石材之中，设计家的任务就是把它找出来。一旦找出来了，你就觉得事情太简单了，它原本就存在那里，只是在等待。好的设计有了，然后要有一位好的雕刻家。他要把设计变成立体的图案，这个过程要千百倍地小心，因为不能出差错。刀偏了，石材就毁了，雕刻大师噤若寒蝉，如履薄冰。好马还要配好鞍，好砚要有一个好匣子。买椟还珠固然是不对的，但也说明那个盒子实在巧夺天工。木匠要找到最好的红木，然后用最古老的工艺将它打磨成砚台的衣裳。这一步完成之后，还要请漆匠来油。这个匣子用的是传统的大漆，漆艺是从商代流传下来的。大漆来自漆树的汁液，也叫中国漆或是金漆。我们用的这种漆，一棵漆树一年只能产一两。大漆很难干，要漆很多层，大师就慢慢地漆慢慢地等，干了一层再漆一层，一共40多层……

我们静静地听着，找不到话来回应。老者讲完了制作工艺，说："摸摸这个匣子的底下吧。"

我们遵嘱用手指肚摩挲了一下木匣的腹部。那是一个很小的间隙，如果不掉转砚盒，根本看不到。

老者说："怎么样？"

我们用食指和拇指打榧子般的拧动了好几下，一片茫然，不解地说："好像没有什么不同。"

老者说："这就对了，就是没有任何不同。在人看得到和看不到的地方，做工雕刻和油漆都是一样的，这才是中国匠人的传统。"

夜色深沉起来，雨也更大了。时候不早，我们打扰了许久，也该告辞了。邓邓说："我问您最后一个问题。"

老者说："请讲。"

邓邓说："磨墨是很慢的，现在生活节奏这么快，也有了现成的'一得阁'墨汁这样的代用品，谁还会用砚台研墨呢？砚台会不会走向凋亡？”

眉清目秀的邓邓微笑着提了个充满火药味的问题。老者稍顿了一顿，说：“你说得不错，作为一种书写工具，用砚台研墨的人是越来越少了，但是作为一种文化传承，它是不会凋亡的。你刚才说研墨很慢，我觉得好就好在这个‘慢’字上面。要那么快干什么？慢慢地磨墨，慢慢地想，慢慢地积攒情绪，慢慢地琢磨还有什么更好的表现方式，一圈圈地磨着墨，思绪也就慢慢地分泌出来深入下去，看着清水渐渐地变得像糯米粥一样稠厚，火候就快到了。磨墨本身就是艺术创造的热身……”

还想听老人讲下去，然而，终是要告辞了。

临出门的时候，我问老者：“您说如果我们是当官或者是做生意的人，就不让我们看您的镇店之宝，能告知为什么吗？”

老者微笑道：“如果是个当官的人，看到了这么好的砚台，就会想买了送给上面的人。虽然我的钱不会少挣，可就委屈了这方砚台。如果是做生意的人附庸风雅，也让这方砚台沾染了世俗之气。知道你们买不起，所以才让你们看了。”

我们就这样离开了砚台店。

看到这里，你也许会说，不是要讲在国内购物的事情吗？闹了半天，并没有买砚台啊！

是的，这是一次没有购物的行程。我以前的经验是买下一样东西，看到那样东西的时候，就会睹物思人，这一次，却是没有买到东西，也会思人。

海盗的诗

关于冰岛，所知是那样稀薄。

去之前了解就很少，仅有的印象来自一本有关北欧旅游的书籍。和丹麦、瑞典、挪威、芬兰比起来，冰岛所占的篇幅最少。冰岛人自嘲地说，北欧是五国，但人们常常脱口而出“北欧四国”，连近邻都把冰岛疏忘。

飞机在冰岛机场降落时，我们还穿着从丹麦哥本哈根起飞时的短裤长裙。机翼下工作人员鲜艳的羽绒服毫不留情地昭示着此地的寒冷。一下飞机，我们忙不迭地在候机厅里把所有的衣服都套在了身上。

其实冰岛给我们的见面礼并不准确，那只是因为来自北极的寒风突然掠过。“冰岛”这个名字让人很易产生错觉，好像是万古不化的永冻之地。实际上，冰岛是一片冰与火的交汇地带，有丰富的地热，是火山在冰川下爆发的岛国。冰岛的地形很特殊，在这个10.3万平方公里的岛上，有200多座火山，其中30多座①为活火山。全岛四分之三为海拔400米以上的高原，八分之一为冰川，除此之外，岛上还有大量热泉、间歇泉、冰帽、苔原、冰原、雪峰、火山岩荒漠、瀑布及火山口，是世界上独一无二的地域环境。放眼看去，土地被狰狞的火山熔岩覆盖，仿佛到了月亮背面。

在冰岛的日子始终处在惊奇和快乐之中。回家之后，到一家著名的图书大厦，央告小姐帮我查找关于冰岛的图书（店内的图书查询系统外人不可独自操作）。

电脑运行一番之后，售书小姐告诉我，有关冰岛的书籍只有小说集《冰岛渔夫》，还有一些有关冰岛建筑的图片，收在北欧建筑的合集中，此外就是我已经买过的观光手册。关闭查询系统时，小姐很好心地补充了一句："《冰岛渔夫》只剩下两本了，你赶快买吧。"

我当即把一位"冰岛渔夫"请回了家，当晚一口气看完。书是好书，关于海洋的描写堪称一绝，只可惜这书既不是冰岛人写的，写的也不是冰岛人。所谓的"冰岛渔夫"，指的不过是在靠近北极海面打鱼的法国人。

在相当长的一段时间内，我见面就问别人有没有关于冰岛的

① "40多座"更为准确。

文学作品。我固执地以为，要想真正熟悉一个民族和地域，要去读本土的人写的小说和诗。比如我们要想了解18—19世纪的俄国和法国，你是看一些当时国民生产总值的数字，还是读托尔斯泰和巴尔扎克呢？想必除了专门的研究家和学者，都会选择后者。

我不是专家，只能走俗人这条路。

百般失望之后，终于有一个朋友告诉我，她的朋友有一本繁体字版的冰岛诗集，据说这是冰岛古诗唯一的中文译本。我欣喜若狂地借来，指天画地答应一定完璧归赵，又是一口气读完。也许真正的诗人会笑我这种不求甚解的方法，但我饥不择食，先睹为快。

为什么对冰岛的文字这般感兴趣？因为冰岛是海盗们开辟的疆土。他们多喜好冒险，勇猛顽强，冲动起来不计后果。

那么，这些海盗究竟写下了怎样的诗歌？想象中，是横刀跃马、劈风斩浪的虎啸龙吟。

北欧的古代文学经典，据说是汗牛充栋。为什么用了“据说”这个词，好像很不肯定似的？不是怀疑北欧有没有那么多的经典，而是我们看到的实在太少，译成中文的更是寥若晨星。

为什么北欧古代的文学经典译成汉语的那样少呢？大概因为那些文章都是用非常艰涩难懂的古冰岛文字写成的。

现代冰岛文字实系北欧挪威、瑞典、丹麦的古文，也近似于许多西欧国家的古代文字，比如古德文、古英文、古荷兰文，等。一千多年以来，北欧和西欧许多国家的语言和文字都发生了翻天覆地的变化，但冰岛文就像苍老的恐龙，仍在火山岩堆积的大地上穿行。

我手中这部著名的诗集，冰岛文的译名是《高者之言》。高者是谁呢？是北欧神话中的主神奥丁，相当于希腊神话中的宙斯或是罗马神话中的朱庇特，也约略相当于咱们神话中的玉皇大帝。诗集的中译名叫作《海寇诗经》。

海寇就是海盗。

什么是海盗呢？一提到“盗”，我们就会非常鄙夷，但在古希腊那个遥远的年代，欧洲人通常把下海寻求生计的男子称为“海盗”，并把当海盗同从事游牧、农作、捕鱼、狩猎并列为五种基本谋生手段。“海盗”一词在当时并无什么贬义，海盗活动也不被认为可耻，《荷马史诗》中对此有十分明确的记载。

《海寇诗经》形成于公元700—900年，相当于我们的唐朝，是当年北欧海盗在漫长而艰险的大海航行中奉为座右铭的精神食粮。在漫漫无际的大海上，正是这些箴言教导给海盗们带来了勇气和智慧，鼓舞着他们冲破重重险阻、层层骇浪，去寻求一个又一个新大陆。

这些诗于是被称为“冰诗”，反映了海盗们的人生观和宇宙观。好了，说了这么多题外话，还是直接录下难得的“冰诗”吧：

浅薄受人讥，
智慧得人敬。
居家万事易，

出门知重轻。
相处世人中，
多智多光明。

这首诗的名字叫作《见世面》。看来，当年的海盗们是把见世面当成人生的必修课了。

嘉宾若进门，
排座不可轻。
位置偏而远，
不乐怀闷情。
上座促膝谈，
主雅客来勤。

这首诗的名字叫作《如何待客》。本以为海盗们是不懂礼貌的窃匪，不想还是如此注重礼节的雅盗。或者说也许海盗们在实践中执行起来会走样，但起码在教育中还是一丝不苟的。

再如：

求知诗

知识是海洋，
宴席亦课堂。
用耳细听取，

用眼学榜样。
君子慎言语，
聆教乃有方。
智者天下行，
钱财存脑中。
愚者行囊重，
困时无所用。
穷汉有头脑，
力量胜富翁。

看来，海盗们还是非常尊重知识并且热爱学习的。想来也是，做一个优异的海盗不是一件容易的事情。在许多国家，把“维京人”当作“海盗”的代名词。一千多年前，维京人驾驶着他们的龙头船，手持矛、剑、战斧等各种武器，以山呼海啸般的猛烈攻势，攻掠从英格兰到苏格兰、爱尔兰、比利时、荷兰、意大利、西班牙、葡萄牙、法国、俄罗斯，直至君士坦丁堡的广大地域。维京人体格高大英俊，通常满面虬髯，胆识过人。他们常年漂流在海上，波涛汹涌，气候恶劣，险象环生，如果他们没有广博的关于天文、地理、气候、人文等方面的知识，大海就成了他们最天然的坟场。所以，在贪财、勇猛、喜欢冒险的天性之外，在他们的血液里非常强烈的征服嗜好之中，也一定注入了对科学和知识滚烫的渴求。

很喜欢这样一首诗：

独立

人生幸福事，
受人宠与赞。
人生不幸事，
处处得依赖。
为人不独立，
沦为小奴才。

有一首诗名叫《不良之举》：

赴宴总唠叨，
话多头脑贫。
瞪眼呈傻态，
说话语不清。
酒盈蠢相露，
枉做文明人。

窃以为以不良之举作为原材料入诗比较少见，北欧海盗大大方方地咏叹起来，透露出他们原本就是不拘常态自成体系的人。特别是被翻译成了咱们的五言绝句式样，看着有趣。

有一首诗，名为《永恒的友谊》，录在这里，和大家共享：

宝剑酬壮士，

霓裳赠佳人。

华服显友谊，

乡里美言频。

礼尚来而往，

至情万年春。

有一首诗，名字叫《知道命运》：

天才多早夭，

聪明适中好。

命运顺自然，

强求是徒劳。

内心明事理，

安然到老耄。

有一首诗实在聪慧，叫作《三人知，全民知》：

巧妙应答问，

人视为聪明。

秘密若分享，

最多只一人。

泄露三人知，

绝密传全民。

此诗高明之处就在于——当我们强调保密的时候，一般是主张“一个都不告诉”。这在理论上当然对于保守秘密是最上策的了，但可惜的是极少有人能做得到。秘密在适宜的温度下，有时会像发酵的面团，如果找不到一个适当的出口，它们会把盛面的盆子掀翻，面粉撒了一地。秘密的力量之大，超乎我们的想象。所以，尽管有那么多的指天盟誓，还是差不多有同样数目的泄露和背叛。寻找一个情感的出口，告知一个朋友，就不会把享有重大秘密的人憋炸了，这是很有策略的方法。

人各有所长

瘸子善骑马，
独臂能牧羊。
聋子勇于战，
眼盲有思想。
身死悲无用，
残者却无妨。

名誉

人死万事空，
唯名传四方。
万灵谁无死，
长生求无望。
存世流美誉，

不朽万年长。

好了，原谅我就暂且引用到这里。也许朋友们会发问，这些古冰诗为什么大多是五言六句啊？有没有其他的格式呢？据翻译者王超先生在冰岛首都雷克雅未克所写，《海寇诗经》的韵律是按照北欧古代诗歌的韵律所成的。每节诗由六行组成，前两行诗以押头韵的方式连在一起。

那什么叫押头韵呢？就是指后一行诗重复前一行诗中的重音节的元音或辅音。若大声朗读起来，诗句余音袅袅，就像有回音似的。译者特别指出，北欧古诗的韵律，若能大声朗诵，就能更好地体会到它的奥妙，清脆悦耳。因为押了头韵之后，回音的效果跌宕起伏，极富节奏感。押了头韵之后，重音节和非押韵的重音节形成了抑扬顿挫的效果。

可惜我们不懂古冰岛的原文，也未曾有幸听到人这样吟诵《海寇诗经》，只能在这里以文字来揣摩海寇们的智慧和风采了。

最后，让我以一首海盗们吟咏智慧的诗来作为本文的结束：

论智慧

以火点他火，
两柴共燃烧。
以智启人智，
相磋出高招。

故步知识浅，

谦虚心智昭。

想不到吧？海盗们的诗竟然是这般温文尔雅、笑容可掬，既不像英雄史诗，也不像神话传奇，而是充满了谆谆教诲，甚至有些像处世格言。也许，由于他们攻城略地，在行动上自有取之不尽的彪悍与残酷，轮到诉诸文字流传千古的时候，反倒是波澜不惊的从容和安宁了。这在心理学上叫作“补偿”。温和的民族诗歌中多愤懑和幽怨，真正的勇士们反倒全力彰显柔和。

不同国度和时空的智慧共同燃烧，这就是旅游和阅读的快意了。旅游使我们虚心，阅读使我们安静。行路和读书的美丽可杂糅一处，即使是在地老天荒的冰岛，即使是在海盗们的诗行中。

山妖的阶梯

快到挪威边界了，导游莉雅说，可以买一些山妖带回国。我说山妖是什么？莉雅说，你马上就能见到了。进得店中，只见无数个怪模怪样的玩具龇牙咧嘴地瞅着你，好似一头扎进了外国的花果山。

莉雅说，北欧人喜爱的神话人物“Troll”，俗名就叫山妖。山妖的长相实在不敢恭维，披头散发，青面獠牙，个子都很矮，红蒜鼻头，尖耳朵，大肚皮，牙齿参差不齐，手指和脚趾都只有八个。有的两个头，有的三个头，头上长着青苔和树木，甚至还会长出一些小山妖。有的干脆只有一只眼睛。全身披满破烂的长毛，还长着像牛一样的尾巴。最惊人的是比大象还长的鼻子，据说是熬粥时用来当勺子用的。

我对莉雅说："山妖这么难看，一定也很凶恶。"莉雅说："不。山妖虽丑陋，但心地很善良，天性活泼，常受到小孩愚弄，智商好像不太高。有时也会搞出些恶作剧，谁要是得罪了山妖，他就会报复或戏弄你。如果和山妖和睦相处，就会得到善报。"

山妖也有软肋，就是只能昼伏夜出，见不得太阳。他们如果贪玩，忘了在天亮前躲起来，就会被阳光化为空气或山石。山妖精于手艺，能制各种武器和家庭用品，并在上面刻符咒，人们若错用他们的家什，就会遭殃。

说了这么半天，你是否能想象出山妖的模样？如果还感觉困难，我就给你打个比方（这个比方没有向专家求证过，如果错了，责任自负）。我觉得白雪公主故事中的七个小矮人，就是山妖一族。你看，他们居住在密林中，有自己专用的锅碗瓢勺和小床，不喜欢外人闯入和打扰，心地善良，乐于助人。这些岂不都暗合了山妖的秉性？

据说山妖是挪威最早的原住民。他们有家庭，分部落，甚至还有自己的国王。森林小湖的山妖叫"纳啃"；居住在瀑布和磨坊中的山妖多才多艺，擅长拉小提琴，名叫"弗色格里门"（即"丑陋的瀑布人"）。这个山妖还是个教授，听说一个挪威小提琴家曾拜师其门下。一般的山妖身材矮小，但在北方的海里，有一种叫"德捞根"的庞大山妖，十分恐怖。山妖安贫乐道，像柴堆、菜园、仓库、马厩和牛棚，都是他们安居乐业的地方。

在哈丁格高原，我们的汽车穿行于白雪皑皑的山峰，地面上蹲踞着乱石，听说都是山妖的化身。山路旁，错错落落地插了些粉红色的小球，这是当地百姓供给山妖的玩具。

传说山妖很喜欢喝粥，长鼻子可当搅拌器用。我和山妖有同感，是喝粥爱好者，只不过对以鼻当勺略有微词。如果伤风感冒了，涕泪交加，恐不相宜。我把这顾虑同莉雅讲了，莉雅说：“估计山妖是半人半神之体，并不罹患寻常的病痛。”

山妖也有很多法力，可以化成美女，如同《聊斋》中的狐狸精，引诱年轻的男子进山。不过，识别他们，也有法宝。山妖是有破绽的，如果你去北欧旅游，在人烟稀少的地方碰到曼妙的姑娘，一定要留意她身后是否有毛茸茸的尾巴。进山的女子也不可大意，有些雄山妖也会劫持漂亮的姑娘进山洞，从此音讯渺茫。

挪威戏剧大师易卜生的名作《培尔·金特》里，便有主人公遭山妖戏弄的场景——培尔无意间闯入山妖的洞窟，因拒绝与妖女成婚，遭众妖凌辱与折磨，差点丧命，幸而传来黎明的钟声，妖魔才星散而去。

山妖并不是铁板一块，而是分成三六九等。他们生性慵懒，但循规蹈矩。他们反应木讷，但天真善良。他们离群索居，偏又呼朋唤友。他们远离人，又和人有着千丝万缕的联系……看来因为山妖是名副其实的草根阶层，所以才受到百姓的广泛喜爱。

据专家考证，挪威利勒哈默尔市区北边的自然公园，是山妖的家乡，而在举世闻名的盖伦格峡湾，还有令人毛骨悚然的“山妖的阶梯”。

我很喜欢“山妖的阶梯”这个名字，缠着莉雅问可否绕道一看？莉雅说那就是极险的悬崖公路，位于鲁姆斯达尔山谷，一弯又一弯，近乎垂直地从山顶盘旋而下。十二道山弯像是一条极细的铂金白链“挂”在山间。因正在维修，我们无法抵达。看我失望，她说，今天的山路其状之险，也约等于“山妖的阶梯”了。

莉雅所言不虚。山路狭窄，雪峰林立，以我曾在西藏阿里攀山越岭的经验，也不得不惊叹这行程的陡峻。跋涉数小时后登到顶峰，俯瞰峡湾景致。挪威峡湾是被联合国教科文组织列为世界游览者评价第一的旅游之地。清冽似冰的山风把衣衫吹得鼓胀如帆，刀剁斧劈的孤悬绝壁之下，一泓碧蓝的海水，宛若仙境，美到令人眩晕。你会仰天长叹，相信此处绝非常人的居所，只能是山妖出没的属地。

丹麦的独腿锡兵

安徒生童话里，我喜欢《卖火柴的小女孩》，喜欢《海的女儿》，最喜欢的是《坚定的锡兵》。有的人把这篇童话的名字翻译成《坚强的锡兵》。相较之下，我还是更偏向“坚定”二字，那种对爱情奋不顾身的投入，还有死心塌地的一厢情愿，让人唏嘘。

童话里的锡兵只有一条腿，真不知道他是如何通过了当兵的体检，成了一名肩扛毛瑟枪的勇士。书里给了我们一个解释，说这个锡兵是最后一个被生产出来的，原材料不够用了，所以只有一条腿。按照这个解释，锡兵就是先天性残疾。锡兵历经种种磨难，从未改变对一位纸做的“小舞蹈家”的爱情，直到最后在火中凝结为一颗锡做的心。

当年读这篇童话的时候，就萌生了一个小小的愿望——得到一个小小的锡兵。那时候想得简单，以为既然是个著名的童话人物，就该到处有的卖，就像如今的唐老鸭、米老鼠。屡屡搜索未果，才明白这锡兵是个小人物，并不芳草天涯。看来，要找锡兵，只有到他的老家丹麦了。

到了丹麦，先去看的是海的女儿铜像。铜像矗立在哥本哈根海滨公园的浅海处，身高1.25米。注意啊，不是说美丽的美人鱼身高只有这么矮小，而是因为她取了一个屈腿侧身的坐姿。如果站起身来，就是个高大的美女。再提供一个数字：据说铜像的体重是175公斤，今年①已经有93岁了。

93岁的小美人鱼，丝毫不改婀娜多姿的体态，青铜色的“她”坐在一块礁石上，容颜清丽，美丽的发辫垂在腰间，在身后紧贴礁石处，有一条仿佛还在滴着水珠的鱼尾。美人鱼周围能容人站立的地方很狭窄，礁石上又覆满了青苔，又湿又滑，稍不小心就会跌入海里，让你来个不情愿的海水浴。我们很规矩地排着队，依次跳上岩石，迎着光照相。咔嚓咔嚓乱响了一阵之后，突然有人说，这样照法，美人鱼最重要的部分就丢了。

照过的人吓了一跳，马上反驳说：“你看，海水啊、蓝天啊、美人鱼啊，还有我啊，都照上了，什么都不缺的，肯定没丢掉任何东西。”没照过的人就停下了踏上苔藓的脚步，眼巴巴地等候着下文，以防自己辛辛苦苦地蹦跳过去，反倒做了无

① 本文写于2006年。

用功。

发难的那位说："美人鱼啊美人鱼，你们只照了美人，没有照上鱼。正面取景，好看是没得说，可惜没有尾巴。没有尾巴的美人鱼，人家还以为是一尊普通的欧洲少女像呢！"

呵呵，尾巴！是的，美人鱼最重要的身份证就是她的尾巴。尾巴里藏着她全部的秘密和痛苦，当然，也有奉献和快乐。

于是大家重新来过。

听说这座美人鱼雕像早已不是丹麦雕塑家爱德华的原作。美人鱼曾多次遭到破坏，身首异处。政府为防悲剧重演，现在用的是仿制品，原作早被国家博物馆收藏。

听说每年有超过一百万的游客和美人鱼合影，有的游客还爬到美人鱼的身上，做出不雅的动作。政府准备把美人鱼的铜像搬到深海去，这样游客们就只能远远地眺望美人鱼的身姿，呆呆地面朝大海，从海风的呼啸中，去想象美人鱼所经受过的刺骨寒冷、锥心痛苦和致命浪漫。

记得小时候给孩子讲《海的女儿》，孩子对坚贞的爱情似乎不大能体察，只是为美人鱼不能说话而万分苦恼。孩子问："美人鱼没上过学吗？"

我说："这和上学有什么关系呢？"

孩子说："就算美人鱼嗓子哑了说不出话来，可以写一张字条给王子啊，王子一看不是全都明白了？"

我张口结舌，只好说："海底是没有学校的。"

孩子穷追不舍，说："那她爸爸可以教她啊，她爸爸不是国王吗？国王肯定会写字的，要不怎么能当国王？”

我急中生智，总算想到了一个解释，我说：“海底王国和人间使用的不是同一种文字，是外语。就算是美人鱼给王子写了字条，王子也不认识……”

惊出了一身汗，才把这段公案应对过去。想想看，如果至善至美的小美人鱼都可以是文盲，早就厌学的孩子们，理由和狡辩一定更多了。

看完了海的女儿，就该去看她爸爸的雕像了。美人鱼的爸爸不是海底的国王，而是丹麦伟大的文学家安徒生。

丹麦到处都有安徒生的雕像，我最喜欢的是哥本哈根市政厅南侧那尊青铜像。早知道安徒生相貌不佳，便做好了看到一张难看的脸的准备，但这座塑像一点都不丑。晚年的安徒生表情安详，头戴一顶18世纪流行的绅士高筒礼帽，拄着一根手杖，有一种若隐若现的沉思和羞怯，据说这是按照1875年安徒生70岁时的样子设计的。游客们纷纷爬上台阶，和铜制的安徒生合影。因为雕像高大，一般的人站在那里，只能到达安徒生的腰际。据说摸到“安徒生”的手、膝盖或是裤脚和鞋子，都可以沾到大师的灵气。这些常常被游客汗手所摩挲的地方，油亮而紫红，好像镶上了红色的补丁。

这位把童话作为献给全世界儿童最好礼物的大师，自己始终不曾有过孩子，几度情场失意。15岁那年他来到哥本哈根，一生中的大部分时光都是在哥本哈根度过的。

看完了雕像之后，就是寻找安徒生的故居。据说安徒生在哥本哈根住过不止20个地方，现在只把一部分开辟出来供游人参观，最具盛名的是在新港。

新港其实并不新了，早在1673年，当时的丹麦国王哈丁古斯二世为了实现“要让哥本哈根成为跟世界做贸易的城市”的诺言，下令开凿运河将朗厄里尼海的水引进哥本哈根。而在丹麦语中，哥本哈根就是“商人的港口”或者“贸易港”的意思。只是哈丁古斯二世国王并没能想到他的这一纯粹为了发展经济而进行的开凿，最终成就了哥本哈根这座城市的诗情，以及安徒生那些充满了幽默和幻想的童话。

新港狭长的港湾里停满了五颜六色的游艇和帆船，樯桅林立，帆影摇曳。运河两岸伫立着当年码头工人以及琥珀商人和海员们居住的房子，每栋房屋的颜色都不相同，亮蓝、粉红、金黄、春草绿……在夕阳的余晖里，这些五颜六色已有几百年历史的老房子不可思议地年轻。街边是一排排支着太阳伞、座无虚席的露天酒吧，游人鼎沸。

坐在运河边长长的木头上，听着优雅的爵士乐，看穿梭在运河上的游船，一下子分不清到底是在21世纪还是在19世纪。据说因为施行严格的保护措施，这里的建筑和两百年前没有丝毫区别。

这条街是安徒生的心灵栖息地。在街的路口有一座安徒生雕像，雕像的铭牌上记载着安徒生曾分别于1834—1838年、1848年和1875年相继在这条街的20号、67号和18号居住并写作。在这里，他得到过戏剧家、诗人、贵族乃至国王的帮助和垂青，渐渐声名鹊起。只是不巧，20号故居正在修整，我们无法入内参观。在门口和林立的脚手架合影之后，我不停地向对岸眺望。我在寻找房屋与房屋连接的拐角处，我记得在《卖火柴的小女孩》中，那个可怜的小女孩冻饿交加，就是在一处墙角划完了她所有的火柴。我想安徒生写作这篇童话的时候，一定想起了窗外的这些楼房。他坐在窗前，倾听着运河上木帆船的摇橹声，看着河边酒吧里扯着嗓子不停地举着酒瓶子正在寻欢作乐的海员，想象着一把火柴像火炬一样燃烧……

在丹麦的街头徜徉，我还是念念不忘那个独腿锡兵。

我向导游述说心愿，问在哪里可以买到一个锡兵。导游说："克伦古堡。"从此心中一直默念"克伦古堡、克伦古堡"，好像小孩子买酱油醋，在走向商店的路上不停地嘟嘟囔囔，生怕忘却。

克伦古堡，位于哥本哈根北面海滨，建筑在岩石上，半截身子探进海中。几百年来，它一直是守卫哥本哈根的要塞，至今还保留着当时的炮台和兵器。

克伦古堡位于丹麦与瑞典之间最狭窄的海域，扼住了波罗的海的入口处，名字的意思是——皇冠之堡。这个古堡不仅因为战略地位重要而闻名，更因为它是莎士比亚名剧《王子复仇记》（《哈姆雷特》）的发生地。历史上真实的"王子复仇记"是丹麦内陆的故事，莎翁玩了个"乾坤大挪移"，将它搬到了这里。

为什么要移花接木？因为当年的克伦古堡之豪华雄冠北

欧。早在15世纪，当时统治全北欧（包括丹麦、瑞典、挪威、芬兰和冰岛的“斯堪的纳维亚联合王国”）的丹麦国王埃里克便看中了赫尔辛格这个极具战略性的瓶颈地带，在此筑堡，向来往北海和波罗的海的商船征税，收取买路钱，约略等同于现今的高速公路收费站。北欧的海上贸易非常活跃，埃里克和他的继承人财源滚滚。赫尔辛格遂从一个渔村一跃成为名震欧洲的海港重镇。后来，丹麦国王弗雷德里克二世娶了年仅15岁的表妹苏菲。为了给新王后提供一个舒适的居住环境，国王斥资把阴森湿冷的中世纪式样的克伦古堡改建成文艺复兴式的豪华行宫。2000年，克伦古堡被联合国教科文组织列入世界古迹名单中。

然而，走进城堡，感受到的主体风格依然是阴暗和压抑的，虽然屋外阳光灿烂。跟着导游，可在古堡的四翼参观丹麦王族当年的会客厅、起居室、寝室等，看到皇室名贵的家具、摆设、日用品和餐具。古堡的庭院里还有一座精致的小教堂，以供王室成员之用。

比较振奋而有生气的是武士大厅，据说当年是弗雷德里克国王为了讨好酷爱跳交际舞的苏菲而建造的舞厅，全长63米，为当时全欧洲最长的大厅，金碧辉煌，极负盛名。就是今天看起来，也还有不可一世的奢华之气。

堡内除了大厅宽阔之外，到处都很幽暗，的确是发生幽怨故事和血腥政变的好地方。

导游特别提示要留意墙上的七张挂毯。初看起来，这些挂毯除了规模较大之外，并没有非常特别的地方。可是中国人对“大”是有很强的免疫力的，单凭体积来讲，还不足已让我们惊奇。挂毯的主色调是咖啡色，不知是因为年代久远褪了色，还是皇室就喜欢如此暗淡的风格。在一派昏暗之中，在任何角度都可以看到丝毯中的某些部分在闪闪发光。据说这是金线的光芒，它们是用真正的纯金丝编织而成的。

丝毯的主题基本上是人物，为丹麦历代国王和王室成员。当年无数工人不停劳作了整整4年，一共编织出了43张丝毯，每张的面积都是12平方米（3米×4米）。这些价值连城的挂毯，只有14张保存至今——哥本哈根的国立博物馆和克伦古堡各藏一半。

在《王子复仇记》里，有一段弄臣波洛涅斯躲在“帘子”后，结果被哈姆雷特误杀的情节。有学者猜测，莎翁所说的“帘子”，其实指的就是这种挂毯。听到了这个说法，再看那些暗淡的挂毯，就有些悚然。

克伦古堡因莎士比亚而得大名，但只在城堡的外围有一尊小小的莎士比亚像，令人有些费解。如果没有莎士比亚，没有《王子复仇记》，克伦古堡能有今天这样显赫的声名吗？查了一下资料，在世界十大著名古堡中，克伦古堡并未列在其中。如今在人们的心里，它毫不逊色地跻身于世界上最著名的城堡之列，恐怕不是因为并不算很大的“武士大厅”，也不是因为那些容颜沧桑的挂毯，而是因为一位作家的一支笔。

好在每年8月间，克伦古堡都会举行与莎士比亚相关的一系列活动。听说从20世纪初起便几乎年年举行《王子复仇记》的公演，许多著名的演员如罗伦斯·奥利华、费雯丽和肯尼斯·布莱纳夫等，都曾在这里演出过。克伦古堡里有他们演出的巨幅剧照，很多游人在此合影。

在克伦古堡，可以远眺四公里外的瑞典小镇海辛堡①。有段城墙很像哈姆雷特徘徊叩问的场景，不知他是不是在这里看到了鬼魂。这样一想，纵然是在烈日下，也生出阵阵寒意。今天丹麦和瑞典很友好，渡轮码头都不设海关，人们可自由来往。但在15—17世纪，两国为了争夺波罗的海巨额利益的霸权，锲而不舍地打了两百年的仗。最残酷的海上战场，就在这里。

听导游说，莎士比亚自己也演过《王子复仇记》。我们忙问他莎翁扮演的是谁。导游说："猜猜看。"有人猜是哈姆雷特，有人说莎翁没有那样高大英俊，可能演的是弑兄霸嫂的叔叔，还有人说他不会女扮男装演了美女或是皇后吧？看大家猜得辛苦，导游索性揭开谜底："莎翁在戏中演的是鬼魂。"

大家就笑起来，城墙就不恐怖了。

到现在为止，我还没有买到锡兵，甚至连一个锡兵的影子也没见到，不由得暗暗焦急。导游让大家自由活动，对我说："你跟我走吧。"

下窄窄的楼梯，台阶之险峻，估计在数百年的历史里，一定让若干宫女摔得鼻青脸肿。好不容易走到一处旅游商品销售点，

---

① 也译作赫尔辛堡。

推开门一看，我不由得欢呼起来。

无数的锡兵列队站在玻璃橱窗中，个个雄赳赳气昂昂，好像在接受检阅。导游说：“你挑吧！”然后放下我，回去照顾大家。

这些锡兵都是朴实无华的金属色，仿佛暴雨前厚重的阴云。大的有一拳高，小的只有一厘米，戴着头盔，长满络腮胡子，目光炯炯。虽然形态不一，但每一个都精神饱满，荷枪实弹，随时准备上战场的架势。

我说：“我要一个锡兵。”

售货大妈（真的不能称之为小姐，足有50岁了）拿出一个手持盾牌的锡兵，那张盾牌上刻着海扇贝的族徽图案，很是骁勇。

我摇头说：“No。”

她又拿出了一个锡兵，这个锡兵没有拿盾牌，改成拿一柄长剑，寒光凛凛。

导游已经走了，语言不通，我用手势比画着告知她，也不是这个。

大妈脾气不错，思忖起来。我指指锡兵的武器，然后做了一个射击的动作。她看懂了，拿出了第三个锡兵。

这次对了。这个锡兵不是拿着盾牌，也不是舞着长剑，而是提了一支枪。

可惜的是，这不是毛瑟枪，而是一支花里胡哨的短枪。

毛瑟枪是德国人毛瑟发明的一种长枪，在安徒生那个时代，是一种新鲜兵器，类乎今天的手提式导弹吧。安徒生发给锡兵一支毛瑟枪，除了他紧跟世界潮流之外，也说明安徒生实在是很喜爱锡兵，给他装备了最先进的杀伤性武器。

大妈再次思忖，我拼命比画，夸张地表现着枪支的长度，简直快把毛瑟枪形容成大炮了。大妈心领神会，终于从锡兵阵营中拎出了一个肩扛长枪的锡兵。

哈哈，终于大功告成了。这就是那个坚定的锡兵，扛着毛瑟枪，等待着他如火如荼的爱情。

大妈也很高兴，拿出一个精致的小盒子，要把锡兵打包。这时，我突然发现了致命的错误——这个锡兵是健全的！也就是说，他的两条腿都完好无缺！这个锡兵——不是那个锡兵！

我急忙阻止了大妈的进一步包装，急赤白脸地说："我要一条腿的锡兵！"

看着她茫然的神情，我知道她完全猜不透我的意思。急中生智，我来了个金鸡独立：把自己的一条腿尽量藏起来，晃晃悠悠地站在那里。以我的老胳膊老腿，完成这个动作并不轻松，踉踉跄跄几乎跌倒。

大妈终于恍然大悟，口中发出"呜呜"的声音，表示她完全明白了我的要求。我以为这一次大功告成了，但老人家拿出来的还是零件周全的锡兵，嘴里还不停地说着什么，脚下还摆动着。

可惜我听不懂，也不知道再如何表演才能得到独腿锡兵。正在百般为难之际，导游来找我，这才听懂了大妈的告白。原来游人们都喜欢买一条腿的锡兵，店里刚好断货了，最快也要几天后才能供货。目前，只能向我提供两条腿的锡兵。

怎么办呢？好失望啊。要么，就永远留下这个遗憾，让那个一条腿的锡兵活在记忆中；要么，就买下肢体健全的锡兵。

大妈冲着导游说着什么，导游却不忙着翻译给我，频频点头。我问导游："她在说什么？"

导游说："她还在推销两条腿的锡兵。"

我问："她具体说了些什么呢？"

导游说："她说，真正的一条腿的锡兵其实并没有完成他的爱情理想，还在进行中。完成了爱情理想的锡兵，已经不存在了，和他心爱的人一道化成了一颗锡心。在人们心里，他就是个健全的锡兵。"

我不知道这是不是一篇非常成功的推销词，总而言之，我被它打动了。是的，一条腿的锡兵，只是他刚刚被制造出来时的模样，之后他就面目全非了。锡兵最完美的时刻在他熔化的瞬间。

我最后买下了一个手脚健全的锡兵，肩扛着毛瑟枪。他是用那把锡汤匙做成的24个完整的锡兵中的一员，我猜想，在他的心中一定怀念着那个同根生的兄弟，虽然他已经变成了一颗小小的锡心。

生当做瀑布

“峡湾”是个词，是个专有名词。这名词在词典里的解释是——对不起，没有。我查的是《现代汉语词典》，手头最方便处摆放的就是这部词典，通常都不会让我失望。但这一次，例外。

只得分开来查。关于“峡”，它说是“两山夹水的地方（多用于地名）”。然后再来查“湾”，说是“水流弯曲的地方”。

现在，你把这两个字拼在一起，“峡湾”的意思就是：两山夹水的弯曲的地方。

现在，你明白“峡湾”的意思了吗？

我估计你还是不明白。因为两山夹水可以是长江三峡，但峡湾不是三峡。夹水的弯曲的地方，可以是漓江，但峡湾不是漓江。

峡湾究竟是什么东西呢？或者更准确地说，它不是一个什么东西，而是一个什么地貌呢？

用一句通俗的话来讲，峡湾就是海水构成的山谷。

中国的地势是左高右低，按照上北下南左西右东的标识，中国的西部高东部低，靠近大海的地势，是平坦而中庸的。这样，我们中国人就以自己的亲身体验，认为海岸线是平原和大海的渐次衔接，是一个和平过渡的交班。但这有点一孔之见，在地球的其他地方，并不都是这样。

挪威的峡湾被幽深碧蓝的海水充溢着，但源头并不是海水，而是高山上的冰川。由于气候变换，冰川时代结束，大地回暖。昔日不可一世的冰川开始融化，向大海缓缓滑去，这个过程看似缓慢柔润，实则蕴含着强大而持久的力量，犹如锋刀的切割。冰川美人，手持潺潺而化的溪流，当作微型利剑，日复一日潜移默化地将高山雄健的肌体划得遍体鳞伤。终于，高山成壑，大地分裂。成功地复仇之后，冰川之水义无反顾地向大海奔去，山麓荷满支离破碎的皱纹，在那里仰天叹息。海水不失时机地乘虚而入，它其实是爱戴和敬仰高山的，用深邃的咸涩的泪水把峡谷填平。

这就是峡湾了。窃以为，峡湾不如叫作陆海壑，这样比较清晰一点。但是，会不会有人以为陆海壑是海中的陆地呢？那就又说不清了。还是叫峡湾吧，去过的人多了，其义自明。

美国有本《国家地理》杂志，大名鼎鼎。中国人知道这本刊物，不少是来自《廊桥遗梦》故事里那位男主角罗伯特·金凯，这位漂泊四海、孤独、充满激情的摄影记者就常常在这本杂志上发表作品。该杂志独出心裁，组成了一个庞大的专家组，囊括了生态学、地理学、城市与地区发展、旅游介绍与摄影、文化自然遗产保护、考古学和可持续旅游领域的各界人士。专家们根据六项标准加之亲自体验审查，对世界各地115个旅游目的地进行了评选。这六项评选标准是什么呢?

1. 生态与环境质量。

2. 社会与文化完整性。

3. 历史建筑与文化古迹质量。

4. 美学与吸引力质量。

5. 旅游管理质量。

6. 未来前景。

一番讨论之后，专家组列出了全世界50个世界最佳旅游目的地。在这张清单上，排第一位的就是挪威峡湾。

在中国乃至亚洲大陆并没有峡湾，除新西兰、智利等国偶有所见外，世界上80%的峡湾在欧洲，而欧洲的峡湾主要在北欧，北欧的峡湾则主要在挪威。峡湾的英文名是“Fiord”，有时特指的就是挪威的峡湾。

挪威南部的大西洋海岸线呈不寻常的曲折，多条宽阔的“海流”蜿蜒伸展到内陆达150公里以上。峡湾的水非常深，一般都在几百米，最深达到1200米！两岸的山峰动辄也是千米高，万丈绝壁紧紧钳住一泓蓝水，这水还会随着潮汐一呼一吸，是不是有一种诡异的壮观?

峡湾里瀑布之多到了令人眼花缭乱的程度，可以说千米之内必有瀑布，常常是一眼望去，三四道瀑布同时跌落九天，细者如银丝，粗者如白绫。从北部的瓦朗厄尔峡湾到南部的奥斯陆峡湾，车行之处，无数大小瀑布如万马奔腾。一道接一道，呼啸着、喧哗着溅入峡湾，构成烟雨迷蒙、彩虹飞架的仙境。

旅途中，不由得想到，如果我是水，做哪里的一滴水呢？做藏北高原狮泉河的一滴水吗？那里太冷了。做大海中的一滴水吗？海啸壁起的时候，杀人夺命，罪孽深重。做黄河中的一滴水吗？虽然历史久远，然携带泥沙太过劳累，不得休息。做南极的一滴水吗？虽然洁净，但万古不化的寂寞也令人怅然。

思前想后，最后做了一个决定——生当做瀑布。瀑布的前身是小溪，无拘无束地跳跃和畅流。小溪们汇聚在一起，就长了能耐和勇气。人多力量大，水丰好办事，同心协力找到腾空而下的山岩，嘻嘻哈哈地纵身一跃，快乐地自高处跌下。水珠们拿着大顶叠着罗汉，倒栽葱地撞向深处，被风扯出透明的旗帜，在飞翔中快乐地撒欢。

瀑布没遮拦地降到了谷底，反倒安静了，变成了一汪小小的泉。如果有幸在挪威做了瀑布，通常不会旅行太远的行程，就被峡湾收编了去，成为海的一部分。

我是一个很爱吃巧克力的人。在瑞士的时候，导游的一句话让我来了兴趣。导游说："世界上哪里的巧克力最好吃呢？是瑞士。为什么呢？因为巧克力主要是由可可脂和牛奶构成的。"

我觉得这几乎是一句废话，等于说你知道今天的天气为什么好吗？因为今天是星期三，明天是星期四，所以天气好。不解决任何问题，疑团继续存在。

瑞士是一个面积只有4.1万平方公里的小国，山高水险并且冬季严寒，全国并不生长一棵可可树，瑞士也从未有过殖民地，和可可生产地如非洲、南美洲等没有任何直接关联。就是说，瑞士生产巧克力，几乎就是先天不足。然而，为什么瑞士是世界上巧克力的第一生产大国，享誉全球？

巧克力的所有制造方法都是在瑞士发明的，瑞士人使巧克力的制造流程和方法达到了几乎完美的地步。最可贵的是瑞士人并没有让巧克力长久地保持高昂的身价，而是毫不犹豫地把它从奢侈品的皇冠上拉到了平民的椅子上，成了大众化的消费品。1819年，500克巧克力的价钱高达6瑞士法郎，这在当时相当于一个普通工人三天的工资。1826年，建立了一家巧克力工厂，所有机器设备的动力都来自水力，大大提高了效率，每个工人每天可生产25~30公斤巧克力，降低了成本。1830年，勒拉赫和自己的儿子们在洛桑建立了一家工厂，并发明了欧洲榛果巧克力。一位屠户的儿子把巧克力与牛奶混合在一起，从此结束了巧克力带有苦味的历史，产品有了一个质的飞跃。同时，他发现Henri Nestle[①]最新发明的炼乳方法很好，遂用来制造出了美味的牛奶巧克力。

1879年，鲁道夫·林特在伯尔尼大教堂下的阿尔河旁建立了自己的巧克力工厂。他发明了一种被称作“Conchieren”的工

① 亨利·内斯特莱，雀巢公司创建者。

艺，在较硬的巧克力泥中加入可可脂，使瑞士巧克力有了今天高贵、精美的味道。

瑞士是世界上巧克力消费最高的国家，最高纪录为2001年人均消费巧克力12.3公斤。以我当过医生的经验，真觉得这么多巧克力的摄入，怕容易引起血糖、血脂的增高吧。

瑞士商店里的巧克力琳琅满目，品种有几百种之多，售价也很便宜，一块简装的没有华丽外壳的100克的巧克力，只相当于人民币几元钱，吃到嘴里，甜香软滑，非同一般。

说了这么半天，还是没有把瑞士巧克力天下第一的秘密揭露出来。其实，谜底很简单。导游指着车窗外说，因为瑞士有最好的奶牛，最好的奶牛挤出最好的牛奶，最好的牛奶就做出了最好吃的巧克力。

在阿尔卑斯山麓，有无边的草场和自由自在的奶牛。瑞士奶牛不是黑白花的，通常是红白花或是黄白花的。它们体形硕大，乳房饱满，无忧无虑地吃着草，好像生活在远古时代。导游说："你们注意到牧草了吗？"我瞅了半天，说看不出有什么特别的，只是这里没有污染，好像格外嫩绿。导游不满意，说："你没发现牧草的品种不一样吗？瑞士精心研究牧草，培养优良品种，有时候要花费五六年的时间，才能选定某种优质牧草的种子，播撒在草地上，才会长出富有营养的牧草。吃着这种牧草长大的奶牛，才有可能挤出芬芳浓郁的牛奶，然后，才能保持世界第一的口味独特的巧克力啊！"

原来，巧克力的生产线是从牧草开始的，多么长远的谋略啊！

山色越发深了。车停下来休息，在欧洲，司机的工作时间是固定的，每两个小时必须休息，不得违背。车上有类似飞机上的黑匣子装置，只要汽车一发动，它就开始记录，包括测算司机每天的驾驶时间和休息的频率，以防疲劳驾驶。

此处景色优美，奶牛们三五成群，在牧场上优哉游哉地闲逛着，看到游客们，也不躲避，睁着好奇的大眼睛，好像在猜测这些人的来历。

有人充满善意地走过去，企图近距离地接触奶牛，和奶牛合影，抽冷子可能也想抚摸一把牛背什么的。导游赶紧招呼大家，说这万万使不得。

导游说："近几年来，在瑞士牛和人之间发生事故的比例，比过去多了许多。究其原因，可能是由于新的养殖方式造成的。"

过去奶牛受到人的照料比较多，现在，它们更多的时间是在牧场上散养，跟牧民接触的时间很少，已经不习惯跟人靠得很近。也就是说，在某种情况下，这些奶牛部分地恢复了野牛的天性，桀骜不驯。你别看它们好像长得很温驯，其实发起脾气来也是很彪悍的。即便是一头样子乖巧的小牛，也不可以随便触摸，否则，你就有可能被它追得到处乱跑，或者全身负伤。

再者，旅行者来自四面八方，没有和奶牛打交道的经验。看到奶牛生气了，他们也跟着惊慌失措，不知道如何是好。有些人本能地立即转过身撒丫子就逃，但这其实是最危险的举动，会刺激奶牛进一步发作。正确的做法是保持安静，慢慢地蹑手蹑脚地远离奶牛。

多出悲剧之后，瑞士徒步旅行协会发出郑重建议：别去打搅奶牛，更不要想着去触摸它们，可爱的小牛也很危险。不要试着去吓唬它们，不要死死地盯着它们看，也不要当着它们的面舞动棍子。万一发生极端的情况，你就瞄准它们的屁股来一下。

听导游这么一说，我们个个视牛如虎，再也不敢靠近。导游稍稍缓和了口气说，如果你实在太喜欢奶牛了，在离它们20米的地方看看还是可以的。

就这样，我虽然非常喜欢奶牛，但是没有留下一张和奶牛合影的照片，因为我在距它们25米之外。

山路越来越险，真不知道深山里的牛奶如何新鲜地卖出去。看来我的担心不是多余的，这个问题也逼着牧人们开动脑筋。一个名叫保罗·韦勒的牧人，每年都为他的奶酪销售犯愁。他的牧场使用太阳能，木材是用直升机空运来的，设备一流。奶酪则是牧场主按照传统方法制作的，质量绝对优等。可是因为交通不便利，他的产品就是销不出去。

头脑灵活的牧人想到了出租奶牛。他在网上刊登了奶牛的照片，一头奶牛整个夏天租赁费用为380瑞士法郎，估计可产70~120公斤奶酪，租赁人在9月份就可以来牧场收取奶酪——可以将其带走出售，也可以馈赠亲友。

多么聪明的牧人！保罗的计划大获成功，15头奶牛在网上被租赁一空。保罗还计划扩大服务范围，将周围几个牧场的奶牛通通在网上租赁出去。

真佩服保罗的好脑子，当然也佩服保罗的照相技术。想来他毕竟是主人，聪明的奶牛认得他，乖乖地让他照相，并且把自己的照片贴到互联网上，供人们评头论足。

离开瑞士的时候，有的人买了表，瑞士的手表当然是天下第一。我也买了瑞士天下第一的东西，这就是瑞士的巧克力。特别挑选了“三角”牌巧克力，因为喜欢包装上的图案——高耸的阿尔卑斯山。据说这个牌子的巧克力特意制成三角形状，就是为了纪念欧洲最高峰的身姿。也是为了立此存照，想到那些幸福的、自由自在的、偶尔发发小脾气的奶牛，它们分泌的精华就存贮在这块巧克力中。

后来，我又到过一个欠发达的国家，看到田里的耕牛目光惨淡、骨瘦如柴。它们的脊梁如悬崖般锐利，如果有什么人胆敢骑到它背上的话，牛肯定会在第一时间被压垮倒地，那个人的尾骨也会被牛背切出伤口。从此我对“骨瘦如柴”这个词，有了形象化的记忆。那不仅仅是菲薄的瘦，更是生命的干涸和死亡的引燃。

写了半天，把挪威和瑞士这两个国家生拉硬拽到一处，真是没有太多的道理。也许，连接这些文字的，就是游丝般飘荡的思绪吧。如果我是一滴水，纵是一滴普通的水，也希冀着跌宕起伏和波澜壮阔，也渴望游弋和携手，那就做一次瀑布吧。如果我下辈子变成一头牛，就到人迹罕至的山里去，吃的是优质的草，挤出优质的奶。不要被人打扰，不要留下影子，百无遮拦、自由自在地在山坡上踱来踱去，为人间的香甜贡献一点力量。

在北欧游轮上

从芬兰到瑞典，我们乘坐的是“维京”号游轮。也许是因为“泰坦尼克”号留下的印象太深刻了，我上船的第一个动作就是鬼鬼祟祟地瞟着船的两舷，想数数救生艇的数目够不够。其实数也是瞎数，谁知道船上有多少人呢？

到了吃晚饭的时候，就大概知道有多少人了。晚饭被安排在九点半，即使此刻是北欧的白夜期间，太阳下班很迟，这个时辰吃饭也还是相当晚了。导游跑去联系，企图把我们的吃饭时间提前，未果。游轮方面的答复是：食客众多，只能分期分批地享用大餐，已经安排在这个时间，无法更改。

入乡随俗吧。

时辰到，进了餐厅，真是蔚为壮观的饕餮大军。自助餐形式，几百个不锈钢的食槽彻头彻尾地敞开心扉，各色食品竭尽全力讨好你的视觉、嗅觉，透过它们和你腹中的肠胃打招呼。无数人端着盘子，在美味之中遨游，如同饥饿的鲨鱼。

餐厅位于整艘游轮的正前甲板处，四周都是玻璃，可以把它想象成行进中的水晶宫，游客们就在这座劈风斩浪的宫殿里，有惊无险地大快朵颐。

得知我们能够在“维京”号游轮上享受美食，送我们上船的芬兰导游不无羡慕地说，我到芬兰七年了，还没有乘过游轮。据说，船上的大餐会让你一辈子难忘。

中国人吃饭好扎堆，有了美景，有了美味，当然要有佳客，说说笑笑当佐料，才有滋有味地惬意。伙伴们很快就发现这愿望成了窗外波罗的海的一朵泡沫。餐厅能接待的人数有限，一批人抹着嘴巴走出，另一批人才能鱼贯而入。吃完的人散居在各处，腾出的位置也星罗棋布。这直接导致了我们虽然获准进入餐厅，但并没有现成的位置候着，全靠见缝插针。

没有那么大的缝隙，可以一下子插入这么多“中国针”，只能化整为零分而治之了。

我端着盘子在熙熙攘攘的人群中寻找座位。一处偏僻的位置，一张两人小桌，一个黄种人在独自进餐。男性，个子不高，大约30岁的年纪，服饰整洁。我猜他是一个日本人，也可能是韩国人。说实话，哪怕有一线希望，我也不愿意和一个日本人同桌进餐，但环顾左右，桌满为患，再咽着口水四处游逛，有点像丐帮。

我用汉语说，这里有人吗？

没指望他能听懂。在海外旅行的经历，我有一个收获。你不会说当地语言也无大碍，大胆地自说母语好了。反正人们萍水相逢之时，能够交流的信息是有限的，配合着手势和表情，大致也能猜个八九不离十。千万不能钳闭双唇什么也不说，那才是真正的闭目塞听、一头雾水。

我相信以我端着盘子没着没落的样子，他一定能明白我的意思，摇头或是点头就可答复。没想到，他非常清晰地用标准普通话回答我说，没有人，你可以坐。

我大喜过望。不单是因为有了座位，更是因为在这里遇到了同乡。我如释重负地放下盘碟，说，中国人？

他略微迟疑了一下，说，冰岛人。

我大吃一惊，说，你一个冰岛人，居然把汉语说得这么好啊！

他微笑了一下说，我以前是中国人，十几年前加入了冰岛国籍。

原来是这样。我说，那你就是冰籍华人了。怎么称呼你呢？

他说，你就叫我阿博好了。

我坐在阿博对面，开始吃我的很晚的晚餐。动了刀叉之后，才发现这顿大餐并不像想象中那样诱人。不怪游轮上厨子手艺不精，是我失算。单凭目测一见钟情，拣来的食物多半口味诡异。比如一种美若珊瑚的红豆子，每一颗都像宝石放射光芒，我以为是外籍的红豆沙，舀了偌大一勺，吃到嘴里方品出拌了羊油和蜂蜜。平素我不吃羊肉。

炸鸡、蔓越莓、番红花鳕鱼、牛蒡扒、惠灵顿牛排、迷迭香、酸辣墨鱼、酪梨、红酒烤肉……你很难猜出色彩艳丽的食物中蕴含着怎样陌生的原料和味道。拣到盘子里就都是菜，不得不通通吃掉，以防服务生对中国人有微词。只是照单全收很辛苦，吃相也不轻松。

阿博看出我的窘态，慢慢地等我吃完，说，我和你一道再去添些食物。我知道有一些东西比较合东方人的口味。

有了阿博做向导，在食物摊中游弋，好比有了指南针，东西好吃多了，起码入口不再龇牙咧嘴。

阿博说，客人来自四面八方，游轮上各种口味的饭菜都有。

我说，没有看到中国饭啊！

阿博说，他们主要还是接待欧洲人，当然以西餐为主。以后中国人来得多了，他们也会做中餐的。

我说，你当年怎么想起到冰岛呢？

阿博说，我很想到海外留学，成绩不是很好。美国的学校考不上，英国学费又太贵了，就到冰岛来了。在冰岛学习冰岛语，有奖学金，就这么简单。

我说，你喜欢冰岛吗？

他说，喜欢，不然我不会入籍。

我说，冰岛有什么好处，这样吸引你？

阿博说，第一是我喜欢冰岛的水。冰岛是个资源非常丰富的国家，特别是水，简直取之不尽，用之不竭。冰岛人口很少，又有广大的冰川，简直就是一个大水库。第二是我喜欢冰岛的风光，像月亮一样。

我有点搞不明白，就问他什么叫像月亮一样，是又大又圆的意思吗?

阿博说，我说冰岛像月亮，是指它的美丽和寒冷，还有荒凉。当然了，还有各种宝藏和让人充满了想象的寥廓空间。

我说，哦，明白了。第三点呢?

阿博说，第三是我喜欢冰岛的姑娘。她们热情豪放，敢爱敢当。如果喜欢你，就狂热似火地和你相爱。不喜欢了，就恩断义绝地同你分手，绝不拖泥带水。如果是你不干了，就直截了当地告诉她，她也不会哭哭啼啼缠着你不放。如果有了孩子，就跟你算清抚养账目，然后痛痛快快地奔自己的前程去了，再不会寻死觅活地找你麻烦。只是冰岛的法律很保护女子和孩子的利益，就算你是个富豪，如果离上几次婚，也就成了穷光蛋。

我说，看你对冰岛女子这样倾心，想必一定是娶了当地姑娘。

阿博说，曾经有过这样的想法。冰岛出美女，那里的女孩子也很阳光。她是我在一次圣诞节的聚会上遇到的，名叫黛比。我们一见倾心。那一天，正是北极圈内最黑暗的时分，天上出现了美丽的极光，是淡绿色的，横跨整个天穹，好像一匹无与伦比的绸缎，妖娆得令人恐怖。好在两个人在一起，什么都不怕了。那天我们喝了很多酒，分手的时候，彼此恋恋不舍。黛比说，咱们到乡下去吧。我说，这样寒冷，到乡下去岂不要冻死？黛比说，你跟我来，会把你热死。我就和黛比上了路。前几天刚刚下过一场暴风雪，公路上的雪虽然被铲雪机清除了，但两侧的积雪有好几米高，穿行在雪巷中，好像童话世界。我随着黛比到了冰岛首都雷克雅未克郊外的一座别墅。房子几乎被皑皑冰雪掩埋，只有房顶高耸的壁炉烟囱，证明这里曾有人居住。

冰岛的富人通常在郊外都有这样的住所，主要是夏天时分来游玩，到了冬天，就人迹罕至了。我说，黛比，你有钥匙吗？

黛比说，这是我亲戚家的房子，我有钥匙，但是，没带。

我说，这不和没有钥匙是一样吗？黛比说，当然不一样。我有钥匙，说明我有支配这套房屋的权利。我说，权利是一回事，我们进不去，这就是另外一回事了。

黛比说，谁说我们进不去呢？

我说，没有钥匙，你怎么进去呢？

黛比说，这太简单了。说着，黛比走到窗户跟前，扒开积雪，用靴子猛地扫了过去，玻璃应声而碎。黛比矫健地跳了进去，然后从里面把房门打开。我大吃一惊，说，你近乎强盗了。黛比笑起来，说，维京人的祖先就是海盗。

那一次，我和黛比在乡下的别墅待了三天三夜。屋内储备有很多罐头食品，还有饮用水，我们吃穿不愁。取暖和洗澡也没有问题，设备很齐全。窗外是极其寒冷清澈的星空，身边是极其温暖柔软的姑娘，那种感觉真是欲仙欲死。三天以后，我们回到都市。黛比对我说，咱们到此为止吧。

我大吃一惊，说，为什么，我们才刚刚开始。黛比说，我有男朋友，只是这一阶段他不在。现在他就要回来了，我们就结束了，这就是一切。谢谢你给予我的美好感受。说完，她就翩然而去。

我知道这对黛比很正常，但我难以接受，久久伤感。后来，我决定还是找一个中国的传统女性做妻子。文化这个东西，像胃一样，换不掉的。我不希望我的女儿在14岁的时候就把男孩子领回家。不希望我一推门看到他们在床上做爱，我还要心平气和地说，对不起，打扰你们了，然后镇定地转身离开。我做不到……

阿博举起一杯酒，我用手中的矿泉水和他碰碰杯，预祝他早日找到中意的中国新娘。

吃罢晚饭，已近深夜。我到船上的免税商店转了转，里面也是熙熙攘攘、热气腾腾，人们提着装满酒和化妆品的袋子兴高采烈。还有很多娱乐设施，因为疲倦，听说人也很多，我就没去浏览。

这艘游轮就叫作“维京”号。维京人是日耳曼人生活在斯堪的纳维亚半岛地区的一支，也称诺狄人[①]，至今德语中“北”仍和此发音近似。维京人人口不多，却是欧洲历史上影响很大的一个种族。他们的足迹北达格陵兰、冰岛以及俄罗斯腹地，南及地中海南岸温暖的亚历山大港和耶路撒冷，西抵不列颠、爱尔兰，东达北美洲东北部。他们在这些地方耕种、放牧、交易，凭着当时欧洲最出色的航海技术，到处拓殖和贸易，在今瑞典、丹麦、挪威等地安营扎寨。连远在加拿大的圣劳伦斯湾也曾是维

① “Nordic”的音译，意译为“北方人”。

京人的殖民地。近东的拜占庭有精锐的维京人雇佣军团，英格兰、爱尔兰、法兰西都有他们的占领区和政权。现代英语中最常用的词汇中有900多个来自维京语。英国东北部的600多座村庄至今还沿用维京地名。法国船长口令中的“左（babord）”“右（tribord）”也是维京航海家留下的。爱尔兰的首都都柏林的奠基人，也是维京人。在俄国，时至今日，普京和叶利钦互称“先生”时，说的还是维京人古老的词汇。

维京人的基本生活方式是农耕，他们的农庄以家族为单位。但他们并不是自给自足的小农，他们还下海捕鳕鱼，腌渍以后卖给西欧人。他们从事国际贸易，有石制、陶制、木制以及兽骨、兽角制成的日用器皿、金属制品、毛纺织品、珠宝饰品等。传统沿袭至今，只不过贸易的品种改成了集装箱码头、战斗机、轿车和移动电话。他们还大量倒卖各地土特产，考古中发现的存货就有斯堪的纳维亚的磨刀石和染料、荷兰的布匹、地中海的丝织品等。

严酷的环境和落后的生产方式，使维京人的文化处于相当原始的状态。神话、英雄史诗都在吟游诗人口头上流传。维京人是尚武的。他们的神谱中有两大神系，最崇高的主神名叫奥丁，属于埃西尔神系，与雷公索尔为伴。他创造了世界上的一切，并拥有全部的知识，但最重要的是他是战神，主宰生死。另一个被称作瓦尼尔的神系，由弗雷和他的妹妹弗雷娅组成，相对温柔些，主管繁殖和财富。维京人信仰骁勇善战，宣称懦夫将被送进寂寞的地狱，而勇敢战死的人则升入乐园瓦尔哈拉。

实话实说，我觉得北欧的自然环境挺恶劣的，如果没有那些郁郁葱葱的树木，简直就是穷山恶水。在这里生长的维京人，如果不彪悍，早被别的部族消灭或赶走了。他们敬畏大自然的力量，相信即使是他们全能的大神，也战胜不了命运的安排。好在他们也达观，相信彻底的毁灭之后将是新一轮重生，周而复始，生生不息。

维京人并非没有文字，只是北佬[1]传下来的由24个字母组成的书写体系，比较原始，又没有好的介质，只好刻在木头和石头上，这样就只能作为记录，而不方便交流。为了刻画方便，字母都由直线和折线组成，没有现代字母的曲线，如现在的“O”是圆圈，而当时则是个菱形。这种文字是后来的英语的原型。而沉郁寡言的维京人还嫌24个字母太复杂，逐渐简化成16个，表达能力就更差了。有时候，人们就把维京人简称为“海盗”。

我不知道阿博在雷克雅未克郊外遇见的女子是不是一个海盗的后代，但那种性格显然和生长在温带的中国人有相当大的不同。

在心理学里有一种人格名称，叫作“T型性格”，简称为“海盗性格”，代表着创造性，外向型，爱冒险，喜欢生活多姿多彩，喜欢生命力淋漓尽致地发挥。他们喜爱追求新奇和未知，喜欢不确定性，喜欢复杂与刺激，爱把生命搞得像“一次事故”。有生理学家研究指出，这些人与生俱来有一种“刺激”基因，需要经常性的强力刺激，才能保持生命的张力和兴奋，只有

---

① 指古代北欧人。

不断地冒险，他们才感觉到自己还活着。

据说，爱因斯坦就是这样的人。

也许，黛比就是这样的人。

突然记起阿博的一段话。阿博说他和黛比分手的时候，天空也飘荡着北极光。这一次的北极光是橙红色的，飘散着，很凌乱，好像火焰或者是巫婆的眼光。

我说，什么时候才容易出现北极光呢？

阿博说，有三个条件。

阿博很喜欢把问题梳理成几个点，也许因为是学管理的吧。阿博说，最容易出现北极光的日子，第一是要在冬天的12月。第二是要天气特别晴朗，如果有大风的搅动，极光就会躲藏。第三是要特别寒冷。

阿博说，真奇怪，那三天都有北极光出现，第二天晚上的北极光是金蓝色的，好像深海的海草，也像黛比的头发。

清早起来，站在甲板上，呼吸着海风传递的湿润，渐渐地接近了港口。瑞典到了。上岸的时候，我又看到了阿博。彼此间隔着很多拉杆箱和双肩包，我们只是微笑着颔首，算是招呼，算是告别。

旅途就是这样，我们会在某个地方以出乎意料的方式遇到某个人，彼此一点都不了解，却说了太多的话。

从此天各一方，也许永无相见。祝福他。

只有贝加尔湖知道

对于贝加尔湖，基本上就是这样的态度。[①]检点起来，对这个湖的印象可以归纳为两点。一点来自汉朝的苏武牧羊，老人家吞毡咽雪，事发地点就是凛冽的北海——贝加尔湖的小名。还有一点就是天气预报，我们所有的寒冷都来自那遥远的湖面，贝加尔湖简直就是整个中国的北部冰库。

---

① 见作者在《旅游预习》中所写："很多风光都在记忆中淡去，唯有什么都没有看见的阳关，却以满心的遗憾永生。这也许就是不知道的美丽吧？

"从此，我固执地吸取了这个经验，对那些充满了想象的地方，有意地不去查找资料。就让它们在想象中浮沉，享有海阔天空的余量。倘若有什么人好心好意地要告诉我，我就要迫不及待地捂住他的嘴，就像一个不想听到足球比赛结果的球迷。请让我自己去看吧，知道得越少越好！"

好了，有了这些就足够了。带上方便面，让我们向贝加尔湖出发。

中国人出国都愿意带上几包方便面。我觉得主要是我们的方便面做得好，味道多样化。面条这种东西，很能抚慰中国人的胃。当我们在国外连续几天吃不到可口的中餐时，一旦想起旅行箱里还有几包方便面，心中就安然了很多。

从北京出发，乘坐俄航的飞机，只需两个多小时就到达伊尔库茨克。由于看书太少，在没有到达伊尔库茨克之前，我不知道贝加尔湖和伊尔库茨克的关系。

其实，贝加尔湖紧靠着伊尔库茨克。

但是，我们不能马上看到贝加尔湖。因为我们是从这里入境的，按照规则，我们还将从这里出境。前后两次经过伊尔库茨克，贝加尔湖的游览就被安排在返程途中。

贝加尔湖近在咫尺，可是却不能一睹芳颜，只有等待。不过，伊尔库茨克也是非常值得一看的城市。它保留着古老的俄罗斯风貌，让人恍惚闻到19世纪俄罗斯作家笔下的田园味道。导游很骄傲地告诉我们，伊尔库茨克已经建市三百多年了，是东西伯利亚第二大城市。我们听着无动于衷，因为我们有很多三千年历史的城市。伊尔库茨克的街道上有很多小木屋，都是以整棵的原木为构架，粗大的原木在转角处搭接，好像刚刚从森林里砍伐回来，还带着木纹的印记。院子也是原木围绕而成的，以木墙承重，木板屋顶，据说坚固保温。想想也是，即使漫天大雪，你躲在一个木头挖出的槽里，闻着松脂的清香，还会寒冷吗？有些木头是被截断的，因为那里要开窗户。每一扇木头窗户都挂着镂花的窗帘，好像有一个童话躲在后面窥视着你。由于年代久远，已经看不出木屋当年粉刷过的颜色，通通是原木在腐朽过程中的赭黑色。当地的导游很为这一点气馁，解释道："我小的时候，看到过人们把自家的房屋都刷上油漆，每座木屋的颜色都是不一样的，可好看了。"

我们就说："那现在为什么不再把它们刷上油漆呢？这样不但美观，也可以保护这些小木屋啊！"

年轻的女导游撇撇嘴说："小木屋多难看啊，有什么保留的必要呢？为什么还要浪费油漆呢？我们很快就要把它们都拆掉了，盖新的水泥的房子。"

我们无语。

自从20世纪90年代苏联解体后，位于西伯利亚腹地的工业重镇伊尔库茨克一直未能从严重的经济衰退中摆脱出来。吃午饭的时候，在当地居住了四十多年的老板娘说，这里几十年来就没有多大的变化。

没有变化，是好事还是坏事呢？如果小木屋都变成了钢筋水泥的建筑，伊尔库茨克是更美丽了还是不美丽了呢？

正值7月，是伊尔库茨克最温暖的季节。听老板娘说，如果再早来几天，背阴处的积雪还没有融化呢！街道两旁的林木盛开着繁茂的白花，稠密得看不到枝条和树叶。我问导游："这叫什么树、什么花？"

导游说："不知道。"

我就为自己的爱打听害臊了。我一厢情愿地认为，你想了解一个地方，就应该认识那里的植物，每一种植物都有故乡。看到餐厅的老板娘爱说话，我就又向她探问这种开着无比稠密的白色花朵的树木叫什么名字。

“我不知道它的俄国名字是什么，可我知道它的中国名字。”老板娘说。

我只有退而求其次了，说：“中国名字也行，叫什么呢？”

“它叫酸丁子。春天开白花，秋天结出紫黑色的浆果，可以生吃，还可放在锅里蒸熟再吃，蒸着吃比生吃还要酸甜可口，面面的。蒸好的酸丁子还能做成酸丁子酱，能做馅饼的。”

一句“能做馅饼”，就让我明白了这位远在异国的中国老婆婆已经彻底融入了俄罗斯的风俗，馅饼不再是韭菜茴香馅的，爱吃果酱馅饼了。只是，闹了半天，我还是不知道这个酸丁子到底是棵什么树。

安加拉河河岸到处都是酸丁子树，花朵熙熙攘攘人山人海（把一朵花比作一个人的话），让你不断担心树干会不会不堪重负被压垮。好在酸丁子树像个好汉，树皮是黑色的，树枝遒健有力，很是坚忍不拔地挺立着。俄罗斯青年在树下喝酒唱歌，啤酒瓶子瘫倒一地，快乐到你觉得他们有点忘乎所以、游手好闲。同伴中有勤劳的同志，还掰着指头计算了一下今天是星期几（旅游在外的人对日期比较敏感，对星期几比较糊涂），待想起是星期天，才稍稍平息怨气。

第二天早上，我就要离开伊尔库茨克的时候，俄方导游拿着一本俄汉词典对我说："你问的那种树，叫稠李。"

啊，原来是大名鼎鼎的稠李啊！

在俄罗斯作家的笔下，那旷野中开着白花的稠李树下，发生过多少美丽的故事。稠李的芳香在暮春的时候，弥漫在木屋的炊烟之中，又激起多少令人哀伤的想象！

叶赛宁有一首诗，开门见山就叫《稠李树》。

稠李树

馥郁的稠李树，
和春天一起开放，
金灿灿的树枝，
像鬈发一样生长。

蜜甜的露珠，
顺着树皮向下淌，
留下辛香味的绿痕，
在银色中闪光。

缎子般的花穗，
在露的珍珠下璀璨，
像一对对明亮的耳环，
戴在美丽姑娘的耳上。

在残雪消融的地方，
在树根近旁的草上，
一条银色的小溪，
一路欢快地流淌。

稠李树伸开枝丫，
发散着迷人的芬芳，
金灿灿的绿痕，
映着太阳的光芒。

小溪扬起碎玉的浪花，
飞溅到稠李树的枝杈上，
并在峭壁上弹着琴弦，
为她深情地歌唱。

有了词典的帮忙，导游底气壮多了。她说，稠李的俄文发音是——черёмуха，在俄罗斯文化中是美丽和爱情的象征。

在明媚的春天，雪白的稠李花仰天怒放，一阵阵浓郁的芳香，沁人心脾。诗人们将它喻为蓬松的白云和雪白的妙不可言的树木。稠李树下是情人约会的地方，稠李所表达的爱情是一种绵绵的柔情。叶赛宁在《请吻我吧……》中写道：“在稠李充满柔情的沙沙声中，响起了一个甜蜜的声音：‘我是你的。’”没有稠李的爱是一种没有柔情和甜蜜的爱，因此当小伙子向姑娘表达爱意时，常常向心爱的姑娘投去一把稠李枝……

怪不得那么多年轻人挤在稠李树下，原来有如此的象征意义。虽然和爱情无关，但我也在稠李树下照了一张相，以表达对这种树木的喜爱。后面的行程里，在莫斯科，在圣彼得堡，在涅瓦河畔……只要我一看到这种盛开着白花的树（俄罗斯腹地由于气候温暖，稠李花已经快谢了，但芬芳更浓烈），就会不由自主地小声招呼一句“稠李树”……好像在向一个新认识的朋友问好。

重新回到伊尔库茨克，重头戏就是拜谒贝加尔湖。这一次，和我们同行的导游是个小伙子，名叫万尼亚。这名字很容易记住，因为有个著名的万尼亚舅舅活在话剧里。

从伊尔库茨克出发，沿着宽阔的柏油路前行了大约40公里，穿过丘陵，先到了湖畔的小木屋博物馆。

一个非常有趣的博物馆，据说是在安加拉河上修建水库的时候，把被淹没的库区的一些木屋搬迁到这里，以保存当地居民的原生态。比起伊尔库茨克城里的那些木屋，这里的木屋更精致、更高大，精彩得让人不相信是建造于几百年前。也许市街两旁的建筑不过是普通的民居，但这里的木屋是经过遴选的典型建筑，就像北京胡同的小四合院和达官贵人家的府第，均为古建筑，却不可同日而语。有一个木屋据说是一百年前的乡村学校，宽敞明亮，摆着整齐的课桌，足以让今天的希望小学羡慕不已。在老师的桌子上，有一个巨大的地球仪，手一抹，滴溜溜地转起来。对此我心存疑虑：当年俄罗斯乡下的孩子们就如此胸怀世界了吗？

从这里，可以看到宽广的安加拉河。导游说：“再往前走，你可以在安加拉河河口看到一块巨石，那是贝加尔湖抛下的绊脚石，企图阻碍女儿的脚步。”

怎么回事?

传说中，贝加尔湖是爸爸，安加拉河是他美丽的女儿。贝加尔湖兼容并蓄，有336条河流进来，却只有一条安加拉河流出去。安加拉河就是贝加尔湖唯一的孩子。女儿到了年龄就要出嫁，父亲为她选中的恋人，就是俄罗斯最大的河流——伏尔加河。但飞来的海鸥告诉安加拉河，有位名叫叶尼塞河的青年非常勤劳勇敢，安加拉河的爱慕之心油然而生，想追随叶尼塞河而去。贝加尔湖断然不许，安加拉河只好趁其父熟睡时悄然出走。贝加尔湖醒后痛苦不已，追之不及，便投下巨石，以挡住女儿的去路。可安加拉河已经远去，为了爱情，安加拉河嫁给了汹涌澎湃的叶尼塞河，向北向北，最终流入了北冰洋。

在故事中继续前行，我们看到了那块被称为“圣石”的巨石，没有想象中那样大，不过屹立在湖河分界处，中流击水、浪花飞溅也很壮观。

贝加尔湖几乎是在没有征兆的情况下突然出现。目之所及皆为蔚蓝，鸥鸟飞翔，水波不兴，湖岸线仿佛画框，将西伯利亚瑰丽的巨大蓝宝石——贝加尔湖镶嵌其中。

贝加尔湖是英文“Baykal”一词的音译，俄文称之为“baukaji”，源出蒙古语，是由“saii（富饶的）”加“kyji（湖泊）”转化而来，意为“富饶的湖泊”，因湖中盛产多种鱼类而得名。根据布里亚特人的传说，他们将贝加尔湖称为“贝加尔达拉伊”，意为“自然的海”。湖形狭长弯曲，宛如一轮明月镶嵌在西伯利亚南缘。南北长636公里，相当于从莫斯科到圣彼得堡之间的距离，平均宽48公里，最宽处79.4公里，面积达31 500平方公里，最深处有1620米，贝加尔湖聚集着全球淡水湖总蓄水量的五分之一。

俄罗斯作家契诃夫曾写道：“贝加尔湖异常美丽，难怪西伯利亚人不称它为湖，而称之为海。湖水清澈透明，透过水面像透过空气一样，一切都历历在目。温柔碧绿的水色令人赏心悦目。岸上群山连绵，森林覆盖。”

贝加尔湖湖水如琼浆般澄澈，有记载说湖水透明度可达40.8米。湖中有植物600多种，水生动物1200多种，其中四分之三为特有种群。贝加尔湖虽是淡水湖，但湖里生活着许多地道的海洋生物，如海豹、海螺、龙虾等，据说湖中虾的种类就有255种。另外，还有两种完全是透明的贝尔鱼。贝加尔湖中有岛屿27个，最大的是奥利洪岛，面积约730平方公里。我们问轮船老大，到那座岛上要多久？他说，最少要20个小时。

贝加尔湖的大，由此可见一斑。

贝加尔湖也是世界上最古老的湖泊。湖底为沉积岩，第四纪初的造山运动形成了该湖周围的山脉，湖区地貌基本形成的时间迄今约2500万年。贝加尔湖下面存在着巨大的地热异常带，火山与地震频频发生。据统计，湖区每年约发生大小地震2000次。贝加尔湖还有许多未解之谜。例如，湖水一点不咸，也就是说它与海洋不相通，但却生活着地地道道的海洋生物。又如贝加尔湖里长有热带的生物，像贝加尔湖藓虫类动物，其近亲就生活在印度的湖泊里；贝加尔湖水蛭在我国南方淡水湖里才能见到；贝加尔湖蛤子只生存在巴尔干半岛的奥克里德湖。

有人说，贝加尔湖在地下和北冰洋相连。想想吧，多么奇妙，也许那些海洋生物是从地底下潜泳来的呢！

湖堤旁是一排排售卖烤鱼的摊子。那种鱼尺把长，鱼皮是淡黑色的，身材像鱼雷一样修长而浑圆，看得出善于遨游，而且非常结实。肉质粉红，类似三文鱼。各个摊子的售价都是统一的，为40卢布，合人民币十二三元。导游告诉我们，它的大名叫秋白鲑，是贝加尔湖的特产，肉质鲜嫩刺少，就着伏特加酒下咽，别有一番滋味。据说，因为湖水冰冷，一条秋白鲑要9年才能长到十几厘米长。为了保护鱼类资源，当地政府对捕鱼许可证的发放非常严格，此鱼严禁出口，只有到贝加尔湖才能品尝到这种美味。

我相信其言不虚，因为临走的时候，万尼亚单买了几条鲑鱼，说是留着回家再吃。看来就是在伊尔库茨克市里，这鱼也属珍品。

不过平心而论，虽然秋白鲑毫无腥气，但因为摊贩基本上不用任何调料，连盐都很吝啬（估计是为了保持原汁原味），这样除了鱼本身的味道之外，对喜欢咸香麻辣的中国人来说，就略显寡淡了。我在岸边照了一张大吃鲑鱼的照片，拿回家给人看，都说我像一个原始人。其实，很多人一边抡着酒瓶子一边吃鱼，模样比我饕餮多了。

我们上了一艘小游轮。游览贝加尔湖是自费项目，每人600

卢布，约合人民币200元。游轮向贝加尔湖深处驶去，很快周边的景色就退向远方，只剩下碧蓝的湖水和天上变幻莫测的白云。

太大的湖和海就没有什么分别了，最大的分别也许是湖水更清澈，看着湖底的水草，会产生一种错觉。想起安徒生的童话《海的女儿》，说水面像最蓝最蓝的矢车菊花瓣，在这晶莹剔透的湖底，一定隐藏着另外一个世界。

万尼亚从船舷摘下一个水桶，把桶抛下，荡起绳子。小桶翻着筋斗翻进湖中，盛满水后被提起来。万尼亚举着滴滴答答落着水珠的小桶对大家说："请，喝吧。"

我们说："就这样喝？"

记得在莫斯科，导游再三告诫我们，俄罗斯的自来水是不能直接饮用的。在饭店买一瓶水，要合人民币近20元。我们基本上已经习惯了每天为自己的饮水支付款项，现如今一下子看到如此多的免费洁净水，受宠若惊，将信将疑。

万尼亚说，贝加尔湖中心的水是可以直接饮用的，非常洁净。在盛夏，水温也只有3摄氏度，冰镇的，矿泉水。

我们就一仰脖，咕咚咕咚喝下去，果真甘美如泉。

我和万尼亚站在船边看天上的流云。万尼亚说："我很想请教您一个问题。"

我说："您尽管说。如果我知道，一定告诉您。如果我不知道，这船上还有那么多人，我可以帮您问问大家。"

万尼亚是个30岁出头的小伙子，汉语说得不错，去过中国。他说："我的问题是，为什么你们中国人对贝加尔湖情有独钟呢？”

我说：“你知道我们汉代的‘苏武牧羊’吗？”

他说：“知道。”说到这里，他手搭凉棚眺望天边，蓝色的眸子反射出天空的白云。他说：“每次来到贝加尔湖，就会想，当年你们的苏武在这里的哪个地方牧过羊呢？”

大地苍凉。是啊，他一个外国人在想，我这个中国人更要想了。

苏武牧羊的“北海”并非大海，而是我们脚下的这个贝加尔湖。汉代称之为“柏海”，元代称之为“菊海”，18世纪初的《异域录》称之为“柏海儿湖”，《大清一统志》称之为“白哈儿湖”，蒙古人称之为“达赖诺尔”，意为“圣海”。

贝加尔湖周边是无尽的山脉和丘陵，历史上这里曾是中国北方部族的主要活动地区。现在是盛夏时分，正是这里最好的季节，在船上还感到沁骨的寒意。一过了9月，严寒就奔驰而来。秋天，湖畔在0摄氏度左右，而周围山峰和盆地为零下40至零下30摄氏度，巨大气压差形成强大的风暴——贝加尔季风。到了冬天，更是锥心刺骨的寒冷。据当地人说，温度可达零下50摄氏度。如果你走到外面猛地呼吸一口冷空气，那你就对自己的呼吸系统的分布有了最形象的了解。你会知道腔子里所有的气管走向，每一个肺泡都变成冰珠子。贝加尔湖湖面就是一整块巨冰，把天地万物的每一丝暖气都吸入脏腑，几米深的积雪将所有的地方都覆盖成一片银白。

在这样艰苦恶劣的气候下，苏武待了19年，合两次抗日战争加上一次解放战争。戏文中唱道：

雪地又冰天，苦守十九年。
渴饮雪，饥吞毡，牧羊北海边。
心存汉社稷，旄落犹未还，
历尽难中难，心如铁石坚。
夜坐塞上时听笳声入耳痛心酸。

转眼北风吹，群雁汉关飞。
白发娘，望儿归，红妆守空帏。
三更同入梦，两地谁梦谁，
任海枯石烂，大节总不亏。
宁教匈奴惊心破胆共服汉德威。

苏武是公元前1世纪汉朝人，当时中原地区的汉朝和西北的匈奴关系时好时坏。公元前100年，匈奴政权新单于即位，汉朝皇帝为了表示友好，派遣苏武率领一百多人，带了许多财物，出使匈奴。不料，就在苏武完成了出使任务，准备返回自己的国家时，匈奴上层发生了内乱，苏武一行受到牵连，被扣留下来，要求他们背叛汉朝，臣服单于。最初，单于派人向苏武游说，许以丰厚的俸禄和高官，苏武严词拒绝了。匈奴见劝说没有用，就决定用酷刑。正值严冬，下着鹅毛大雪。单于命人把苏武关入一个露天的大地窖，断绝食物和水，指望着可以改变苏武的信念。

时间一天天过去，苏武在地窖里受尽了折磨。渴了，他就吃一把雪，饿了，就嚼身上穿的羊皮袄。受尽刑罚、濒临死亡的苏武仍然没有丝毫屈服的表示，单于只好把苏武放出来。单于看到软硬兼施对苏武都没有起作用，又不想让他返回中原，就把苏武流放到西伯利亚一带。单于对苏武说："既然你不投降，那我就让你去放羊，什么时候公羊生了羊羔，我就让你回到中原去。"

苏武被流放到了人迹罕至的贝加尔湖边，唯一与苏武做伴的，是那根代表汉朝的使节棒和一小群羊。苏武每天拿着这根使节棒放羊，心想总有一天能够拿着使节棒回到自己的国家。这样日复一日，年复一年，使节棒上面的毛都掉光了，苏武的头发和胡须也都变白了。19年后，当初下命令囚禁他的匈奴单于已然老死，新单于执行与汉朝和好的政策，汉朝皇帝立即派使臣把苏武接了回来。苏武受到热烈欢迎，从政府官员到平民百姓，都向这位富有民族气节的英雄表达敬意。苏武回国后，一直保持着吃羊肉棒骨喝羊肉汤的饮食习惯，不知道是不是这种食谱的好处，受尽苦难的苏武居然活到了80多岁。要知道，这在人生七十古来稀的时代，可是个惊人的寿数呢！

万尼亚说："苏武牧羊就在此地，可那个时候这里还不是你们国家的啊。"

我说："那时这里是匈奴的地盘，匈奴后来也成了中国的一部分啊。"

万尼亚说："好吧。就算是这样吧，但现在贝加尔湖是我们的。"

我无言。

是的，现在，贝加尔湖不是中国的。这也是千真万确的，我们只有尊重国境线。

想起一件往事。有一次，在北京会见蒙古国作家团。友好气氛中，作家团的团长说，我们代表蒙古国作家，送给你们一件礼物，是一张画在皮革上面的画。说着，就展开了一幅尺把长的皮画，上面绘着一位身穿蒙古服装的英武汉子，面如重枣，稀疏的胡须被归拢成几绺垂在下颌上。

蒙古作家团团长说："这就是我们民族伟大的英雄和开国元勋……"中国作家很尊敬地走过去瞻仰。团长说："……他就是成吉思汗。"

当时就想起了鲁迅先生那段著名的论述——到底是他们的汗还是我们的汗呢?

当然先是他们的汗了。

扯远了，还是回到贝加尔湖吧。

贝加尔湖是美丽的，也是珍贵的。凡是美丽而珍贵的东西，都应该珍惜。在俄罗斯，作家是保护贝加尔湖的重要力量，其中最突出的是著名作家拉斯普京。

当年我读文艺学研究生的时候，就很喜欢拉斯普京的作品，喜欢那种对人生绝境的从容不迫的描述，并在这种描述中彰显出人性的顽强和坚忍。

瓦连京·格里戈里耶维奇·拉斯普京（1937—　）是俄罗斯当代著名作家。他的小说以浓郁的西伯利亚乡土气息和对人与传统主题的深刻挖掘而著称于文坛。比如他的《告别马焦拉》，就是很有代表性的作品。在参观小木屋博物馆的时候，我就在想，这里面有没有一座木屋是来自马焦拉呢？

小说写的是安加拉河上的一座小岛——马焦拉即将因一座大型电站的建设而被淹没，由此引发出人们搬迁时的种种情感冲突。有一位俄罗斯老大妈叫达丽娅，古老的木屋就要被水淹没了，达丽娅拎着小桶，艰难地粉刷着自己的小木屋。年轻人大惑不解，觉得何必要徒劳无益地粉刷房屋呢？它们就要消失于波涛中，粉刷还有什么意义呢？殊不知在对故土怀有深情厚谊的人心中，每一幢小木屋都是有灵魂的。维系村民与马焦拉联系的是那种似乎说不清、道不明的，但又深深熔铸于人们血肉之中的传统，一种有价值的精神和道德的脐带。“马焦拉”不仅仅是一座小岛，而且是小说中村民们得以劳作、生息，有着种种无法割断的精神文化联系的母亲大地，而且也是俄罗斯民族传统根基的象征，具有强烈的象征意义。作者并不是写简单的“乡土恋情”，而是深刻地揭示了历史、传统和民族意识对于当代人的意义，并提醒处在高科技时代的人们要“注意人类生存的根基”，要“珍惜地搬迁”。

拉斯普京也以此表达了深深的忧虑。在历史蜕变中，很多民族传统中有价值的东西被冷落、遗弃，乃至无情斩断……《告别马焦拉》，是一首悠长的挽歌，合着贝加尔湖的波浪，在水中激起不息的涟漪。

拉斯普京直言不讳的批评，成了某些人的眼中钉和肉中刺。黑暗势力对拉斯普京的仇恨，居然演变成了血腥的暴力。1980年寒冷的冬天，拉斯普京遭到了惨无人道的暗算，就在位于伊尔库茨克的公寓外面，他被五个人用凶器打得皮开肉绽，鲜血横流。当人们发现拉斯普京的时候，以为他已经死了。经抢救，拉斯普京终于活了过来，眼睛几乎失明了一年，脸部做了多次整容手术。

在伊尔库茨克城里漫步的时候，我常常不由自主地想，哪一栋房屋是拉斯普京的喋血之地呢？一个作家，为了捍卫自己的感情和理念，居然要付出这样深重的代价，在意外也在意中。我在北师大读书时，导师曾说过一句话："作家其实是一个充满了危险的职业，因为你要说真话。你选择了这一行，就要决定做一个勇士。"

拉斯普京是一个勇士。伤愈之后，他依然毫不退缩地投入保护贝加尔湖的事业中。他对人说，总有一种"做得太少，为时太晚"的感觉。记者曾问过他："你是否觉得这种原始的西伯利亚古老民族的传统应当受到保护？"

拉斯普京点点头，说："要是我们过去多注意一点他们的传统，今天的贝加尔湖就不会遇到这么多的麻烦。"说到这里，他深深吸了口气，接着说，"所以，我们要注意优先保护当地的传统，包括思想传统、文化传统、民族传统，因为没有这些传统，人类将无法保护其生存环境。"

贝加尔湖的保护得到了越来越多的重视，但拉斯普京认为，有些保护贝加尔湖的决议仍然是模棱两可、治标不治本的，主管部门可以随意解释或是延误执行有关的决定，或者对存在的问题采取文过饰非的态度。拉斯普京说："当大家反复看到这种口头上热爱自然，而行动上破坏自然的口是心非的现象时，便会滋生一种厌恶的、麻木的、无动于衷的心态。国家是否真的具备长期的生态政策，当前主要体现在贝加尔湖的问题上。”

官僚主义换汤不换药的措施终于激怒了群众。伊尔库茨克地区党和政府1987年4月1日通过一项决议，说是为了保护贝加尔湖，计划投资一亿四千万卢布，立即修建一条长达76公里的管道，把污水排到伊尔库特河。为了修建这条管道，需要穿过一片原始森林，砍掉12~15公里的树。伊尔库特河河畔有一个很美丽的村庄，首先是这个村庄的居民强烈反对把污染转移到这个地区来，接着是科学家、作家、记者在报刊上发表文章，反对这个不明智的决议。他们把这个排水管方案称作林业造纸工业部门的“特洛伊木马”，是转嫁污染，也是不真正解决贝加尔湖问题的一个埋伏。大学生们更是走上广场、街头、车站，到处发表演说、组织签名，掀起了一场保护贝加尔湖的运动。开始，公安部门认为他们是极端分子恣意闹事，对他们横加干涉，还抓了几个人。这下更激起了人们的不满，事态扩大了，签名者越来越多，达七万多人。连铺设管道的工人也被说服，自动罢工了。开始，地区领导还想坚持原来的决议，邀集一些专家学者来论证这项措施，希望能为铺设管道找到一些科学论据。没想到专家学者们一致反对。他们认为，铺设管道不仅毁掉了伊尔库特河，而且注入安加拉河以后，会使西伯利亚这条著名的已被污染的河流污染更为严重。同时，铺设管道丝毫不能解决造纸厂的空中污染问题，废气照样在毁坏周围的森林及其生态系统。再说，国家拿出巨额资金来修建这项环境效益不大而又增加了新的破坏的工程，为什么不用这笔钱来加快造纸厂的转产改造呢？各方面的压力终于迫使政府重新做出决定，取消铺设管道的计划，把建设管道的资金用于污水治理，并把污染严重的造纸厂逐步转产为家具厂，同时对保护环境做出了新的规划。为了减少空气的污染，逐步用电力和煤气代替冒烟排尘的锅炉。

以上啰啰唆唆地写了这个故事，看似和风景无关，其实相连。我们今天还能看到的一尘不染的贝加尔湖，并非只是天然的恩赐。贝加尔湖也曾面临过肮脏的污浊，只是由于人民的力量，湖水才依然清澈。

航行至贝加尔湖深处，万尼亚拿出几个小戈比，发给我们一人一枚。我们问："干什么用呢？"

万尼亚说："看我的。"说着，他就一扬胳膊，把戈比投向远远的湖水。他说："把硬币交给贝加尔湖，然后许一个愿，不要讲出声来，就放在你心里。贝加尔湖会听到的，它会帮助你实现愿望，很灵的。"

我们感谢他的好意，依次把手中的戈比投向贝加尔湖。

我的那枚硬币画出一条流畅的弧线，边缘如切割原木的轮锯，划开贝加尔湖水晶般的湖面，缓缓沉入。正好轮船的航向略有改变，经过硬币沉没的地方。贝加尔湖的水非常清澈，我看到那枚褐红色硬币在碧绿的水草中漂荡，衬着垩白色的湖底岩石，宛如大幕前舞蹈的精灵。

至于我的那个愿望，不告诉你，只有贝加尔湖知道。

在海参崴闭上眼睛

我以前读不准俄罗斯海参崴的“崴”字，自以为是地念作“海参威”，觉着透出一股忧郁的蓝色气息。到了东北，才知道这原是一个极乡土气的地名。崴子，是山东话，意为“水湾”。海参崴，就是出产海参的湾子。

在地图上，海参崴是个被圈在圆括号里的小名。那地方的大名叫“符拉迪沃斯托克”。

多拗口的地名！

我们作为旅游者来到远东这座美丽的海滨城市，轿车在细雨霏霏的街道上疾驶，观赏着异国的风光。俄罗斯女导游娜佳迫不及待地拿出一张黑白人物照片，约莫有一英尺见方，上下晃动着，眉飞色舞地向我们解说着什么。

娜佳名为导游，其实并不通汉语。我们随着汽车的颠簸，注视着相片上那个留着小胡子的俄国军人高傲的面庞，莫名其妙。

娜佳神采飞扬地讲完了，示意随团的中方翻译将她的话译过来。

我方精干的小翻译没来由地结巴起来，无端地咳嗽。旅游车里一瞬变得很静。中国人和娜佳对望着，视线的焦点集中在相片上的那人上。

中方翻译终于开口了："相片上的人叫穆拉维约夫，是沙俄时代的将军，他是第一个踏上海参崴的俄国人……"

窗外是蔚蓝色的港湾，天空缀着白色的海鸥。远处，庞大的舰群像钢灰色的山峦，岿然不动。

我凝视着相片上须发森然的将军，心想，从世界上发明第一张照片到今天，不过百十年的历史，可生活在这块土地上的人，岂止繁衍了千百年？第一个踏上这片土地的俄国人，居然留下了如此清晰的照片，历史的神经已经错乱。

小翻译顿了顿，继续说："这里原来是中国的领土。19世纪中期，任俄国东西伯利亚总督的穆拉维约夫多次武装侵入中国的黑龙江流域，1858年用武力迫使清朝签订了不平等的《中俄瑷珲条约》，1860年又签订了《中俄北京条约》，将海参崴割让给俄国。中国共计失去了100多万平方公里的土地。由于穆拉维约夫扩张领土的功劳，沙皇特封他为阿穆尔伯爵，意为黑龙江伯爵。海参崴也改名叫符拉迪沃斯托克，意为'控制东方'……"

娜佳矜持而骄傲地微笑着，她听不懂小翻译的话，以为他是把自己的话全文照译。

我闭上了眼睛，让眼帘暂时隔绝穆拉维约夫将军胜利者的笑容和海参崴明媚的阳光。我看到自己血脉中的红血球在阳光的照耀下，变得像火球一样鲜艳而灼热。

娜佳是无辜的。她向所有访问海参崴的外国人都这样介绍着海参崴的历史。对于他们来说，历史的确是从穆拉维约夫将军开始的。

在海参崴面对历史的沉重与沧桑时，我们无话可说，只有闭上眼睛，听凭血液澎湃地涌动。

在海参崴还听到一个故事。据说穆拉维约夫将军在签约的最后关头动了小小的恻隐之心，给中国留下一个小镇作为出海口，在那里矗立了一块中国的界碑。不想巡逻边防的清军嫌那个小镇太偏远了，每日巡逻的时候，都要把界碑往我方扛几步。就这样，他们走得越来越轻松。终于有一天，卫国的军士们巡察国境时再也不用走那么远的路了——中国已经永远丧失了它在远东最后的出海口。

我不知这个故事是否真实。假如它是真的，我们有太多太多的话要说。

如果你没有看到过钻塔

如果你没有看到过钻塔，那你就什么也没有看到过。

斯大林在视察苏联巴库油田时，这样说道。

他鹰隼似的双眼，曾横扫过整个世界的烟云。

石油的开采，已经从陆地扩展到了海洋。当我们应邀去参观渤海油田海上采油平台时，心中充满了渴望。

因为是早晨，因为是向着东方，因为是晴朗的有风的初冬，拖轮便像在一片抖动的金箔之上滑行。船头将金斑搅得灿若火焰，船尾将海面犁出雪白的壕沟。你刚窥到碧蓝的海的肌肤，无所不在的金光就神奇地愈合了伤口，大海重新回到浑然一体的辉煌。

整整四个小时，我们在波峰浪谷之间摇曳。渤海海面今日七级风，海天一色，蓝得令人感到不真实。四周看不到海岸线，看不到船，看不到海鸥，甚至也看不到鱼。鱼躲在风浪之下，嘲笑我们晕船。

在茫茫大海之中，人极易感到渺小。广袤的自然以它博大的无涯，证实着自己的永恒。我们仿佛回到了地球最初诞生的洪荒。

突然，视野中出现了一个橙红色的点。所有的人都以为那是错觉，海极大地摧残了我们的自信心。但那个点无所顾忌地增大着，并逐渐显示出宛如几何图案般的骨架，无可辩驳地证明自己是一座人工建筑。

渤海油田采油平台到了。

它是一座巍峨的钢铁岛，约有十个篮球场大，巨大的钢桩打入海底，直楔入地壳深处。庞杂的采油设备和所有工作人员的衣食住行，便都在这些钢铁立柱支撑的平台上进行。

在平台一侧，有一支迎风飘逸的火炬。在明媚的阳光下，那火焰几乎是透明的。只有从火炬四周淋漓而荡漾的景色中，想见那里抖动着怎样一道炽热的空气瀑布。

“这火炬每天要燃掉6000立方米天然气。”陪同我们的平台经理说。

我的第一个念头是：这太浪费了。随即想到漫漫的海路，终于没有吭声。遥想深夜，无论怎样肆虐的风暴，也无法扑灭这地心之火燃起的光明，该是惊心动魄而又灿烂辉煌的。

该上平台了。

登平台有两条途径。一为走吊桥，大致同上下飞机时的金属梯。只是平台吊桥横跨于平台与拖轮之间，其下便是波涛汹涌的大海，走在其上，就有了“蹈海”的感觉。二为乘吊笼。所谓吊笼是一个一人多高的橄榄绿尼龙绳索结成的套子。模糊地说，仿佛一个巨大的空心灯笼。使用时，人站在吊笼底座，双手抓紧绳套，随着升降装置的启动，人便被徐徐吊上了高高的采油平台。

我很想乘吊笼上平台。钻进吊笼中间，也就是灯笼中插蜡烛的地方，周围是网络般的尼龙绳保护，安全而又惬意。

你搞错了。不是站在绳套里面，而是应该站在绳套之外。看出我心思的经理提醒我。

这怎么可能？！站在绳套之外，升空的过程中，你的脚下是大海，你的背后是空气，你全身的重量都维系在你抓住绳套的两只手上，万一掉下去，这可怎么办？！

正是考虑到万一会掉下去，才要站在吊笼绳套之外。这样一旦发生意外，吊笼坠入海中，人才能迅速挣扎出来。不然，绳套包绕着你，你怎么办呢？平台经理安静地对我说。

他很年轻，光滑的额头没有一丝皱纹，性情中却有一种很深刻的镇定。他的眼睛很大、很圆，有着婴儿一样的长睫毛。当他专注地盯着你问的时候，你有一种被深思熟虑的猫注视着的感觉。

我深切地体验到了海和陆地的区别。在泥土的高处摔下，只要你当时不死，你就算活过来了。在海上，这才仅仅是事情的开始。

有过这样的事吗？我不安地问。还没有上平台，我已经感觉到了生活在上面的严酷。

有过。他轻轻地笑了，露出白贝壳一样的牙。我们所有在平台工作的人，都有自救证。

什么叫自救证？我拥有过形形色色的证，但没听说过这种证。

自救就是掉到海里，你能救护自己，坚持到别人来救助你的能力。简言之，就是游泳，乘吊笼，必须有自救证。平台经理不笑了。

我会游泳，但我没有自救能力。我知道，在充满漂白粉气味的游泳池里练就的手艺是经不起大海的推敲的。

我们走吊桥，登上平台。

此刻，我们既不是在天上，也不是在地下，更不是在水里，而是实实在在站在上万吨的钢铁之上，站立在人类的智慧结晶之上。

上了平台之后，我们所做的第一件事是——吃饭。

四个小时的颠簸之后，在洁白桌布的提醒下，我才感到饿了。

餐厅的光线很柔和，闪闪发光的不锈钢餐具，映出我们因为晕船而略显憔悴的脸。菜肴很可口。听说平台上以前有外国专家工作，厨师受过专门训练，还会做西餐呢。

我轻轻地啜着可口可乐。在洋溢着现代文明的午餐之后，觉得这海上采油也并不如想象中艰苦。平台很平稳，感觉不到丝毫晃动，整洁优雅的环境，使你恍惚置身于设备齐全的饭店。

猛抬头，在一盘水果沙拉之后的墙壁上，钉着一块齐崭崭的标牌。上面印着伸臂蹬脚的小人影像，仿若我们在男女豪华公厕门扉上看到过的标志，洗练而简明，其下有一行触目惊心的黑色字迹：救命胴衣穿着法。

整个石油平台是日本制造的。我不知道这行符咒般的词语是在日文中就这样书写，还是专门为中国人翻译过来的。总之，当你品着可乐而骤然瞥见“救命”二字时，可乐的滋味也就更丰富了一些。

也许是到了自己的下属们中间，平台经理显得很严肃。他拿来一摞平平整整的工作服。

这是特制的防静电服。海上平台有六个储油罐，每个200吨……他略微顿了一下，以便让我们计算出他的平台上的总储油量。在上千吨的原油和熊熊燃烧的天然气火把之间，防火极为重要，平台上不仅不允许吸烟，连碰撞、摩擦产生的静电火花也是极其危险的，这工作服的纤维里掺有金属丝，可防静电。大家每人穿一套吧。经理详细说明着。

我们每人拣了一套工作服，上衣是蓝色，裤子是灰色，几乎是新的，看来有幸上过海上石油平台的人极少。

我们戴着橙色的工作帽，在形形色色的钢铁管道和玻璃仪表中行走。

石油平台是由高低有致的几大块钢铁部件拼装起来的。假若有一只硕大无朋的眼从空中观测，平台便如组合家具一般，有不同的层面。最高处是直升机机场，它的用途是不言而喻的。

坐直升机回陆地去，很快吧？我问。

是快，不过平台上的人都喜欢坐船。经理答道。

想起那海上晕船的痛苦，我大不解。

直升机常摔，去年还死了人，你们听说了吗？

我点点头。其实我并不知道这里曾发生过空难，不过我理解工人们，长年生活在这处处蕴含着危险的石油平台，他们对危险有着天然的警觉和拒绝。

生活区和生产作业区、储油罐区相互连接又相对独立，中间以金属楼梯沟通。楼梯悬挂在海天之间，类似天险中的栈道。其实楼梯是很坚固牢靠的，梯面由细密精致的金属丝编织而成。但也许正是因为日本人的精致，使那梯面薄得如同纱巾，这在减轻楼梯自重上也许很有好处，但它镂空得透明，踩在上面如同踩在虚无之上，在鞋与鞋的交错之间，你可以明白无误地看到蓝如靛汁的大海，精神便不停地受到挑战。

平台经理领着我们在八卦阵一般的管道中行进。管道较人还高，便有了在青纱帐中穿行的感觉，只是这些铁杆庄稼过于茁壮。到处都是仪表，它们的指针或者凝然不动，只有长时间的观察才能看出极轻微的偏移；或者不安分地摇摆不停，叫人感到片刻之后就会有一场爆炸。想想看吧，原油从海中被吸取，然后被输送、加工、储存，所有的过程都是在密封状态下进行，它的一切成分和变化，都是由仪表和数据显示的，仪表便分外神秘。

我们已经在管道中穿行了许久，我们可以在任何一个最不经意的角落看到仪表，而我们还没有看到一滴真正的原油。

这平台上一共有多少块仪表？我终于忍不住问。

年轻的平台经理难得地皱起浓眉，眉心里便有了极细的皱纹。没有准确统计过。他的脸竟微微红了，大约一万块仪表吧！

石油平台是极讲科学的地方，他为自己提供数字的不精确感到愧疚。

我为我的唐突感到不安。这仿佛是问一位山民山上的石头有多少块，该脸红的是我。于是我转换了一个话题：您是这平台上的最高首脑了。

不是，或者说不完全是。我们还有一位平台经理，他和我负有同样的责任。

我表示很想见一见那位领导，想知道他是否也同样年轻、同样冷静。

您见不到他，他现在正在床上。

病了？我很吃惊。在这远离人寰的地方生病，一定格外痛苦。

没有，他在睡觉。

正是中午，我想象不出，一个年纪轻轻的健康人怎么能在如此明亮的阳光下大张旗鼓地睡觉！

我们是两班倒，所有人员都是双套，一个班就是12小时，下班后就睡觉。

12小时？这未免太严酷了，从马克思那会儿，工人们就为8小时工作制而奋斗。工人们没有……什么不同想法吗？我谨慎地挑选着词句。

大家都愿意上班。平台经理又露出了白贝壳似的牙。

为什么？我问道。

因为……寂寞。平台经理不笑了，他那像婴儿一样纯净的目光中有了一丝悲哀。

平台上有很好的活动室，有乒乓球桌和台球桌，还有电视和图书阅览室。

我们无语地向前行进，前面到了一个岔路口，通往一侧的指示箭头上，用极正规的汉字书写着：逃命通道。

我想到这边看看。

这是发生海难时的太平门。平台经理说着，走到了我前面。

我不知前面会出现什么，该不会就这样一直走到海面吧？

在逃命通道的尽头，有一艘救生艇。它像巨大的野蜂巢一样，悬挂在平台的外侧。

危急时刻，用太平斧将缆绳砍断，艇就自动充气，溅落在海上了。然后我们就自救。平台经理平静地向我说明。

救生艇是橙红色的，这是平台上应用最广泛的颜色。井架、工作帽和许多重要设施，都是这种颜色。它像那种成熟得极好的川红橘的色调，带着热烈、警醒和淡淡的恐怖感。

当年“渤二”就是在那里翻沉的。平台经理指着一个方向说。

那里是湛蓝的大海，有银白的海鸥在飞翔。时间将一切都冲刷掉了，唯有人们的记忆永存。记得当年读一篇报道“渤二”海难的文章，曾说过找到遇难石油工人的尸体时，那里的海面是一片橘红。工人们临死前将自己捆绑在一起以防漂散，橙红色的救生衣就炫目地漂浮在海面上。

我们都静默了，为了已经和将要牺牲在海洋上的石油工人们。

我到现在还没有看到过原油呢！我对平台经理说。人类用自己的血液换来了地球的血液，我急切地想一睹它的真实原始的面貌。

平台经理打开一处管道，我看到了未经炼制的刚刚从海洋深处吸取到的原油。

它黑如沥青，黏稠得发亮，散发着隐隐的热气。

可以摸一下吗？我试探着问，怕它如沸点很高的温泉一般烫人。

平台经理瞟了一眼某块仪表，说，此刻的油温是35.2摄氏度。

我把手指深入原油，挑起一道亮而黏稠的丝。微温，令人感觉到很舒适。我想，这就是地球皮肤的温度了。

我们已将所有的工作区域巡行了一圈。虽然是冬季，虽然七级风，我的额头还是沁出了薄薄的水汽。

这一圈走下来，大约有一公里。我说。

一公里要多。平台经理很肯定地说，我每天夜里都要这样走来走去。

刮大风的时候也要走吗？

刮大风的时候更要走了。我会整夜睡不好觉，惦记着这些仪表。

在风雨如晦的黑夜，在这波涛汹涌的大海之上，踩在薄的金属楼梯上行走，不知需要怎样的勇气和毅力。

我想自己单独走走，可以吗？我说。

当然可以。平台经理露出白贝壳似的牙。只是最好不要打扰工人们睡觉，他们今天晚上要上12个小时的班。

生活区的设施很好，工人们的卧室类似火车的软卧车厢，静悄悄的，毫无声息。工人们果真在安安稳稳地睡觉，日复一日12个小时的劳作，毕竟是巨大的体力支出，白日之下，也酣然入梦了。

我走到一扇标有“医务室”字样的门前。门虚掩着，我轻轻地把它推开。

洁白、整洁、温馨，弥漫着医疗单位惯常的气味。一位年轻的医生正坐在桌旁看书，斜射的阳光将他的脸照得轮廓分明，我看到他嘴边生着细如蜂腿绒毛般的小胡须。

平台上的人们都非常年轻。

他对我的闯入显得有些慌乱，因为我是陌生的异性人。

我想要一点晕船的药。我为自己寻找到了一个正常的闯入理由，况且晕船也的确使我心有余悸。

他把药瓶里所有的“晕海宁”都倒给我。

我要不了这许多。再说，你把所有的“晕海宁”都给了我，平台上的人晕船了，怎么办？

我还有呢！他快活地微笑着，再说，平台上的人都不晕船。

哦，平台上的人都不晕船！每次往返8个小时的颠簸，终日里海风的熏陶，使他们早已忘记了晕船这个本属于陆地的毛病。

平台上的小伙子们每天工作那么长时间，他们愿意吗？得病的多吗？我把心中的疑问再次提出，不是不相信，而是希望再次证实。

工人们都愿意上班，上班时间过得快呀！小医生明确地嗔怪我的不明事理。下班后，除了睡觉就是聊天，谁家有点啥事，早八辈子都聊完了。

还可以打球、下棋、看电视……我总以为，今日的石油平台比海岛边防生活要丰富得多。

打球、下棋总是那几个人，那几套路数，彼此透熟，还有啥玩头呢！

我想也是。纵是世界冠军和亚军，让他们天天对垒，时间长了，也会充满烦恼。

那还有电视呢！我不屈不挠地提醒。

电视只能看，不能参与。比如亚运会，我们连喊声加油的地方都没有。小医生的目光暗淡了。

我也垂下了眼帘。他们是现代人，重要的在于参与。现代科学文明的发达，使他们如此清晰地知道世界上发生的任何事情，他们远离世界，永远只是一个旁观者。这样深入骨髓的寂寞和孤独感，这样被封闭、被隔绝的痛苦，非深入其境之人，难以想象。

在这种环境下，你的病人是不是很多？我小心翼翼地问。

不多，我闲得没事干呢！小医生对自己工作的轻闲感到不好意思。我们的小伙子身体都好得很。他自豪地说。

我点点头，表示完全同意他的观点。

只是他们似乎有一种奇怪的病，就是对土地的思念。小医生的目光显出忧郁，我们是脚下无立锥之地啊！

我下意识地看看脚下，墨绿色的簇绒地毯，像春天里一块茂盛的草地。地毯之下是钢板，平台本身就是一座钢铁的宫殿。钢板之下，就是大海了。

他们的脚下没有土地。哪怕在一座最小的珊瑚岛上，你的脚也会沾到土地，土是人类生命的发源地。记得我有一盆气息奄奄的花，眼看无救，便把它从楼上丢到垃圾箱里，被邻居老大爷拾了去。半个月后，待我再看到那盆花时，竟欣欣向荣到不敢相认。我问大爷使了什么绝招，大爷说有什么绝招？！不过是沾了地气。

石油平台上没有地气，你只能听到无穷无尽的波涛之声。这不是在海岸上听到的那种有节奏的惊涛拍岸之声。无论多么大的风浪，你都能从岸边巨雷般的海啸声中感到岸对波涛的阻碍，感到岸的不容置疑的存在。你绝不担心岸会被淹没，岸比海洋永恒。平台上的涛声不是这样，那是一种完全不经意的来自大海肺腑的律动，它无视其他任何存在，无休止地自吟自唱，充满着强大的自信和亘古不变的倨傲。

今天不过七级风，若是刮十二级风，这里又该怎样？石油平台上的年轻人，没有土地的依傍，他们便失去了人类赖以生存的安定感。这是一种深切到难以察觉的付出。

时间已经不早，我们就要离开，就在这时，我有了此次平台之行最重大的发现——在气势恢宏的采油平台一侧，有一架锈迹斑斑的建筑兀立在海水之中。原谅我用了“一架”这个模糊不清的量词。站在这座钢铁凝成的现代化科技岛旁，那建筑局促得实在无法称为“一座”。它寒酸、简陋、低矮、粗糙，像是一节被废弃的火车皮。但是，用不着内行人指点，我们也可清楚地分辨出，那上面也有类似储油罐的装置。

那是什么？我讶然至极。

那是六号。平台经理回答我。

六号是什么？我追问。

那是我们自己的平台，自行设计、自行建造的石油平台。开始是打的勘探井，当发现有了油气时，就将钻井平台改建成采油平台。平台上的设备百分之百都是国产的。六号一共为国家生产了30多万吨原油。经理如数家珍。

我凝视着六号。

由于中东海湾局势，向全世界普及了关于石油价格的知识。30万吨原油象征着怎样一笔巨大的财富，每个人都不难计算出。它们真是由这架如此普通的平台贡献出来的吗？

那上面是什么样子？

太简单了！三合板的墙，铁皮盖的屋顶……我们划小舢板上去过。一位平台工人告诉我。

旧平台默默无言地和新平台立在一起。海浪拍打着新平台，也拍打着旧平台。我在新平台上所感受到的所有孤独和苦难，在旧平台上也一并存在过。没有现代高科技文明的缓释，那苦难一定更尖锐、更持久、更剧烈……

你们有谁曾在六号工作过？我问。

人们面面相觑。没有，一个也没有了。在科技日新月异的今天，六号已古老得像一个神话。那些最早的开发者、工作者，你们在哪里？

可以上去看看吗？我说。

不行了。梯子已经锈断，上面很危险，也许哪天一阵飓风就把它埋葬在海里了。经理告诉我。

我于是向六号久久地行注目礼。

这样的平台，我不知我们还有几个。但我想，我们起码应该保存下来一个，成为一座石油博物馆最珍贵的展品。让我们的后人永远记住，我们的祖国曾经怎样举步维艰，我们的先辈曾经怎样艰苦创业！

终于要走了。

我们沿吊桥回到拖轮，这才发现拖轮上的所有工作人员并没有跟随我们参观平台。你们都看过了吧？我猜测说。不，我们都没参观过。他们憨厚地回答。嗯，那是你们不愿意上去看看了？不！不！他们连连摇头，平台上的纪律很严格，没有特别批准，是不能上去的。听说女人上过石油平台的，只有江青一个人。

对于这最后一句话，我始终不相信，但石油平台，只有极少的人登上过，我相信这是一个事实。

石油平台与拖轮渐渐分离了。平台上突然涌出了那么多年轻人，向我们招手道别。刚才他们都坚守在各自的岗位上关照那些仪表，现在他们目送我们远去，像黄土高原深处的小村落里的孩子们，目送一辆偶然驶过的汽车。

当平台与我们相距一个适当距离的时候，平台粗壮的铁腿与高耸的背甲，使它像一只橙红色的龟。于是我觉得它很像初民们对这个世界最早的解释：天圆地方，浩洋不息，人类在巨龟背负的息壤上繁衍生长……

大海无垠，人的智慧无垠。

海上石油平台终于浓缩为一个红点，镶嵌在大海尽头，像是海与天孕育成的一颗珍珠。

我看见了钻井，我想，我已看见了一切。

在阿穆尔湾请愿

不知俄式大菜是怎样的排场，但在我们赴俄罗斯旅游的海参崴阿穆尔饭店里，招待我们的食品是极为简略的。

从我国的绥芬河口岸过境，到达对面的俄罗斯小镇，是上午9点多。由于存在三个小时的时差，其实已相当于过午了。一顿午饭就莫名其妙地被“差”过去了。俄罗斯的汽车不守时，像黄牛一样懒洋洋，一路上等车、坐车加修车，足足折腾了六七个小时，到达俄罗斯的远东重镇海参崴时，已经是当地时间晚8点了。

大伙儿饥肠辘辘。

阿穆尔饭店是海参崴最豪华的饭店之一，坐落在宁澈的日本海阿穆尔湾，气势恢宏。宽敞的餐厅，布置得像远洋巨轮的船舱，墙壁上镶着金色的舵盘。一长溜铺着暗色条纹亚麻布的餐台上，摆着亮晶晶的碟子和叉勺……

从早上颠簸至今，胃像被冲洗一清的空白磁带，正准备录入充足的食物。

我们端正地坐好，像幼儿园大班的孩子一样乖，等着服务员上菜。

胖胖的俄罗斯大婶，一趟趟殷切地为各位端上食物。人们用刚刚学会的俄语不断地“思八西八”（谢谢）。一位早年间曾留学苏联的老者说，一共要上四道食品呢。

可是大伙儿很快就不用致谢了。俄国大婶已经安静地消失，餐台上只留下一排空碟子。

有好事者统计，已经上过的菜肴计有：第一道生拌墨斗鱼丝。每盘约有火柴粗细两寸长的雪白鱼丝二十余根，淡而无味，不撒咸盐，几乎无法进食。第二道为生番茄片。就是用那种比乒乓球略大一点的西红柿，切作三四片，摆在雪白的碟子里，花朵一般好看，用叉子一戳之下全部挑起来填进嘴里。第三道为每人一个貌似包子的油炸面团，发出很纯正的酸酵气味，一口咬下去，中间夹着半个剥了皮的土豆。我之所以不说它是土豆馅的包子，实在是因那半个土豆毫无油盐，完全还在原装的土豆之列，不能称它为“馅”。主食为每三四个人分得一盘黑面包，约有十余片，每人可得半厘米厚的面包片两三片。

大家便对第四道食物望眼欲穿，甚至有人说也许是热气腾腾的一大碗烩菜，内装五花猪肉、粉条、豆腐、大白菜……

笑眯眯的俄罗斯大婶果然裹在一团热腾腾的雾气中驾临，递给每人一盏滚烫的——红茶。

于是晚餐宣布结束。

大伙儿大眼瞪小眼，不由得说：“俄国人一天光吃这个，怎么能长得那么人高马大呢？著名的土豆炖牛肉呢？脍炙人口的俄罗斯红肠呢？起码黑列巴（面包）要让人吃饱吧？！”

不过，红茶确实是甜香浓郁的。有人请翻译帮忙再要一杯。

笑容可掬的俄罗斯大婶说：“要茶可以，但要付款，300卢布一杯。假如是自己到厨房去取，不劳驾大婶，价格可便宜一些，200卢布就行了。”

第一天初来乍到，大家不敢造次。看看再无甚“进口”的可能了，在个别人付款加饮了红茶以后，纷纷退席。

经询问，我们这餐饭的伙食标准为12 000卢布，约合人民币50元。大家纷纷说，我们连5元钱的食物也没能吃到肚里。

好在离开故国刚刚一天，各位都有些备战备荒的储备。回到客房，每人拿出方便面，打算自己开伙。这才发现饭店里全无热水瓶这一设施，俄罗斯人都是喝生水的。

因陋就简吧。把方便面揉碎，将一团团的碎块放进嘴里，像老鼠般咯吱咯吱地嚼着，用舌头干燥地搅拌着。一仰脖，吞一口海参崴的自来水，让这“中外合资”的方便面到自家温暖的胃里缓缓膨胀吧。

平心而论，海参崴的自来水真好喝，清爽洁净，略带甘甜，像上好的矿泉水。

吃饱喝足，一夜无话。宿费为每人125 000卢布，约合人民币500元。被褥很干净，但其他设施就很寒酸了。没有电视机，只在墙壁上镶着一台小小的矿石收音机，好像二十几年前中国农村的大队部。

人总是对新的一天充满了希望。第二天早上，我们精神抖擞地来到餐厅，心想昨日到得晚，猝不及防，俄罗斯大婶们没有准备，今天让我们重新开始吧。

餐桌上摆着我们的早餐，好像是昨晚的食物没有吃完，在微波炉里烘了烘，又原样端了出来。

瞪大了眼睛，见也有变化之处。那个夹土豆泥的烤包子不见了，代之以一道凉拌黄瓜。

大家默不作声地落座。大约五分钟后，杯盘皆空。有人向俄国大婶要面包，胖胖的大婶一转身，从别的客人吃剩的桌上端来了半盘。他狼吞虎咽地吃了。

洁净的亚麻台布上，一排排吃得精光的白盘子，好像组成一个卖瓷器的柜台。

大家舍不得离开餐桌，议论起来。

老这么着可不行，顿顿吃个半饱，跟旧社会似的。

我想了一个广告：你想减肥吗？请到俄罗斯的海参崴去。

是不是俄国人以为中国人肚子小，用喂鸟的食儿打发咱们呢？

真是想念祖国啊！生为一个中国人真是太幸福了。我们一辈子比俄国人要多吃多少好东西！

大家越说越感慨。人的嘴有两个功能，一是吃饭，二是说话。当第一个功能得不到满足的时候，第二个功能就空前地发达起来。刚开始是半带调侃地议论，渐渐地就义愤起来，围着中国方面的导游同仇敌忾地诉说饥饿。恰在此时，俄罗斯方面又通知说上午派不出车来，大家只有在饭店里闲坐。

群情开始激昂。

中方导游说，他还从未遇到此类情况，不知还会出什么意外。为了后面的旅游顺利，建议大家随他到海参崴市的国家旅游局去反映一下情况。

中国有句古话叫作“吃饱了没事干”。现在大家是吃不饱没事干，把一腔恼火发泄给小导游，人家给出了主意，大家自然不能临阵脱逃。况且导游也是身在异国，势单力薄，我们理应助他一臂之力。再说，我们若是认可了这样的待遇，俄方对以后的来访团也许就更不负责了。无论于私于公，都该去说几句话。

于是大家簇拥着导游，像打狼的一样，成群结伙地在街上走。

海参崴风光旖旎，凉爽的海风像蓝纱巾一样迎面拂来。走着走着，我们欣赏起美丽的异国景色，几乎忘了自己是为什么走到街上来的。

一栋陈旧的红楼映入眼帘，这就是海参崴的国家旅游局。

我们一行约20人，相随进入红楼。导游小声介绍说，海参崴原有四家旅游社承办旅游业务，但后来统归这一家了，于是对旅游者相当不客气，反正你离了我就没办法。

我们在暗中相视一笑，感觉到某种熟识甚至亲切。只要没有竞争的地方，你就要碰到官僚的冷遇。

我们做好了思想准备，公推两位代表陈述原委。

中国是民以食为天的民族，吃不饱饭，尤其是交了足够的饭钱而不给吃饱饭，就会把肚子和面子联系在一起，叙述起来格外慷慨激昂。

对方接待我们的是一位年轻的俄罗斯女郎，据介绍是旅游局的副局长（他们也挺重视使用年轻干部的，我看女副局长的年龄不会超过30岁）。

俄罗斯真不愧是一个喜怒形于色的民族，长相清秀的女副局长听完导游的翻译后，立时柳眉倒竖，樱唇抖动，快捷的俄语单词像重机枪一般横扫过来。虽说语言不同，也看得出绝非从谏如流、虚怀若谷的良善之辈。

果然，翻译说，女副局长表示这很正常。车子派不出来，饭食也无法增加。理由是：你们的人虽然过来了，可你们的经费并没有同时打过来，你们现在吃的饭钱还是我们垫付的呢！我们很穷，没有钱，能给你们吃这样的东西就算不错了。

她双手一摊，做出无可奈何的样子。我们立即有人给她拍照。她一看照相机的镁光灯闪起来，就昂首挺胸，摆出雄赳赳气昂昂的英姿，以不失国家的威严。

我方翻译说，这其实不是理由。我们从来没有拖欠过款项，只是过境时又不能携带现金，两国支票兑付需要一定的时间。对于俄方的旅游团，我们都是盛情款待的……

女局长依然说，我们没有钱……

这倒是实话。在其后的日子里，我们着实领教了俄罗斯远东地区的食物短缺与昂贵。1公斤红肠需2万多卢布，合人民币近100元；1公斤西红柿要人民币30多元。我在集市上，用1000卢布买了一种不认识的紫蓝色小浆果，约合人民币4块钱，只有小小的一捧，装在一页旧书折成的纸包里。果子的味道极酸，便有些后悔。但后来又感觉很有价值，因为翻译告诉我，这种不起眼的樱桃大小的果子，就是俄罗斯文豪笔下赫赫有名的醋栗。

面对海参崴市国家旅游局女副局长摊开的双臂，我们这些请愿者只有无望地退出。

走在街道上，我们又自我解嘲地笑起来。大家说，他们完全不把客人当上帝呢，觉得是我们给他们找了麻烦。他们旅游局的分配体制一定是大锅饭的，所以根本不怕客人不满意，也不怕从此没有人到海参崴来旅游。

突然有一个人讲，你们说，旅游局女副局长的态度是不是和我们前几年官商的态度有几分像？

大家齐呼，太像了。

于是大家说，俄罗斯真是非要改革不行。不然，连一个小小的旅游者吃饭问题都解决不了，还谈什么更大的开放呢？

我们只好不再怨天尤人，只怪自己到海参崴来的时间太早了一点。等他们改革好了再来，不是既可以欣赏到优美的景色，又可以不让肚子受委屈了吗？

我们在街上买了韩国的小点心充饥。不知是饿了，还是韩国的点心确实精美，总之感觉好极了。

当我们已经绝望的时候，餐桌上出现了奇迹般的变化。第二天早上，我们每人除了常规的墨鱼丝、黄瓜条、包子、红茶以外，大婶又端上了一盘硕大的鸡腿。当我们抹着油光光的嘴唇准备退席的时候，大婶又给每人端上了一个大盘子，盘内计有三个煎蛋和三两以上的炒饭。

这一回，轮到我们犯难了。不吃吧，这是大家集体请愿的结果，虽说信息反馈得比较慢，总不能出尔反尔；吃了吧，实在是超出了中国胃的负荷。

不知谁说了一句，俄国人最腻烦吃饭剩东西了。假如你剩饭，他就觉得你是吃不了，下顿饭就会给你上得少多啦！

于是人们相互鼓励着，相互援助着，把所有的煎蛋和米饭都吃完了。

从此，我们每顿饭都能吃饱了。

珊妮兵团

芝加哥一处僻静的街道，除了凛冽寒风的脚步，看不到一个人。找到1504号门牌的时候，一股烈风吹过，呛得我差点摔个跟头。今天要拜访的是“珊妮兵团”。

单从字面上，完全想象不出这是一个怎样的机构。加上它的大名——芝加哥宠物治疗中心，残缺的想象力才有了一点方向，然而，显然是更困难了。注意啊！不是治疗宠物，而是宠物治疗。我穿过20年医生的白大衣，实在难以想象在医生束手无策的地方，那些被人类豢养的动物能有什么高招儿。

说实话，我不是一个很喜欢动物的人。不是因为我吝啬自己的感情，正相反，因为害怕感情的流离失所。想想看吧，大概除了乌龟，所有我们日常亲近的动物，比如鸡鸭鹅兔、猫狗驴马……寿数都比人类要短。如果与之建立起了深厚的感情，那它骤然离去的时刻，会遗下怎样的凄楚！罢，罢！索性将情感的半径缩如毛衣针般短小，相对应的痛苦也会有限。

1504号的楼梯窄得如同天梯，侧着身子上到顶层，一扇普通民居的门。我们敲门，然后等待。几乎怀疑自己走错了地方的那一刹那，门开了。在我没看到任何一个人的时候，四股旋风，分别为棕色、灰色、白色、黑色，无声地扑到我身上……吓得我脖根往后一仰，险些晕了过去。

那是四只狗。被四只大小不同的狗活蹦乱跳地围着身体的感觉，极为奇特。它们闭着嘴，用鼻孔热情地喷着气体，眼神温驯而友好。皮毛摩擦着你的肌肤，好像若干件羽绒背心被挑开了尼龙面子，绒毛满天飞舞，轻暖而撩人。不，不仅仅是暖和轻，更重要的是这些绒毛充满了生命力，不停地变换着方向簌簌流动着，拂过你的全身，仿佛一把奇妙的丝绒刷子，从你的发梢抹到脚踝，直至把你包裹成一根巨大的羽毛……

这是惊恐之中的享受，令人在汗毛竖起的同时想入非非。

当我惊魂稍定，才在众多的狗脸之后看到了一张和善的人脸——艾米女士，这家中心的负责人。

艾米把四只狗呼唤到一旁，然后对我说，我们特别设计了这样的欢迎仪式，希望没有吓着你。因为只有它们才是我们这里的主角，它们是只吃饼干不拿薪水的治疗师。

我抚着胸脯说，吓倒是没吓着，只是，它们从不咬人吗？真正的医生都有出意外的时候，这些狗，会不会哪天脾气不好，伤害了病人？谁都有万一，对不对？

艾米女士叹了一口气说，你说得对。在我们人类的社会里，的确是这样的，会有万一。但据我所知，在狗的世界里，发生这种机会的概率要远远小于人类，我不敢说绝无仅有，但我从来没有见过。狗永远是积极的。你见到人类背叛狗，在某些人那里，还吃狗肉。但是，你见过一条主人的爱犬背叛过主人吗？你见过在没有食物的时候，狗把主人吃了吗？没有，从来没有过啊。我们这些治疗犬里，从来就没有出现过对病人的伤害。有的，只是人对它们的伤害。

我心中尖锐地疼了一下，我相信艾米女士说的一定是真的。我还需要了解得更详尽一点。

艾米女士说，我们这个中心，成立了11年。我们现在有200多条治疗犬，也就是说，有200多位犬医生。我们的治疗犬到监狱里面为犯人治病，结果那些罪犯用烟头烫伤了治疗犬。即使在这种情况下，治疗犬也没有给那些人以任何回击，它们只是伤心地离开了……

我愤愤不平地说，为什么要让治疗犬到监狱里去？

艾米女士说，伤害治疗犬的犯人只是极个别的现象，绝大多数犯人对治疗犬都很友善，效果很好。甚至可以说，在某种程度上，治疗犬起的作用比医生还大。

这我就有些不以为然了。看得出，艾米非常热爱动物，但是也不能把动物夸大到比人更加能干的地步啊！

可能是我的表情出卖了我内心的某些活动，也许是艾米常年同犬打交道，神经和感知异常灵敏，总之，她以下的话似乎是针对我的念头而来。

犯人犯罪的原因有很多很多，但其中最根本的原因是丧失了对人的信任。教育他们今后不犯罪的办法也有很多，但最根本的是要他们恢复对人的信任，让他们内心深处的良知苏醒过来。也许人的语言难以抵达的地方，治疗犬可以达到。是的，它们不会说话，可是它们有对人一往情深的信任，它们单纯而友善，执着而可爱。在监狱里的那些人，几乎已经忘记了被另一个个体信任的感觉，但是，在治疗犬这里，他们突然得到了。信任给予人的动力是非常巨大的。治疗犬让一些作恶多端的人流泪，让他们重新思索自己的人生。

我听得感动，说，训练这样打不还手骂不还口的治疗犬，是不是非常困难?

艾米说，是很困难。只有很少的一些犬具备优良的治疗犬的素质，选择这样的犬，再进行严格的训练，最后参加特别的考试，然后才有进行治疗的资格。

我说，这么难啊?

艾米说，是啊。

我说，都有什么试题啊?你不要怀疑我知道了会透题，我在万里之外，一定会保密的。

艾米说，比如说，在考试中，有一个题目，要求治疗犬连续地舔人的手掌达若干时间，很多犬就难以通过。有一些犬是可以训练出来的，有一些犬是无法训练出来的。只有那些最友善、最耐心并且喜欢交往的犬，才能过关。

我心里替那些犬大抱屈。当然了，犬是经常舔主人的手掌，但那是它在表达自己的情感。若是要求它对一个不认识的人反复做这样的动作，就像要求一个小伙子对一个陌生的老大娘不停地说：我爱你爱你爱你……真够受罪的。

艾米说，你一定想问，为什么要这样呢？

我连连点头。

艾米说，治疗犬对偏瘫后遗症和老年性痴呆的治疗效果很好。其中很重要的一个治疗方案就是治疗犬用舌头抚摸老年人的手指。人的手指上有很多神经末梢，这种抚摸对人的神经的恢复非常有帮助。若是一只耐性不良的治疗犬，干着干着就烦了，摇摇尾巴自己跑了，那怎么行？治疗常常是很枯燥的，一只好的治疗犬深深地懂得这一点。它们执行治疗任务的时候，非常敬业，极为投入。治疗完成了，犬也累坏了。有时，两个小时的治疗之后，治疗犬要深睡一天。

我说，艾米女士，您本人一定是训练治疗犬的行家了。

艾米女士说，惭愧得很，我训练的一只治疗犬，刚刚在考试中被刷下来了。

我说，为什么呀？

艾米女士说，它的注意力不够集中。有一条是考验治疗犬的耐心，要它们端坐若干时间。当还有一分钟就要结束考验的时候，考官突然放出一只猫从犬的面前飞跑而过。我的那只考试犬没能经受住考验，它看了猫一眼，浑身就不自在起来，坚持了若干秒，最后还是一跃而起，追那只猫去了，结果前功尽弃。

艾米女士说得很伤心，那情形像极了孩子勤奋苦读之后却未能金榜题名的失意母亲。

艾米女士说，芝加哥的很多家医院都同她联系，请治疗犬到病房里施治，治疗犬供不应求，计划已经安排到了两个月之后。前些日子，韩国的一家医院也请艾米女士带着治疗犬到他们那里现场操作。美国联合航空公司特地批准了这些治疗犬免费飞越重洋。只有最优秀的犬，才能得到这份殊荣。任务特殊，也有些艰巨。比如有一个科目，是让病人训练犬学会打篮球。治疗犬就要乖乖地跟随着病人的脚步，做这个训练。开始的时候，它们一窍不通，然后在病人的训练中逐渐进步，最后成功地掌握这个动作。这个训练，会让病人感受到成功，并且不厌其烦，学会交流和合作。

我说，这很有趣啊。

艾米女士说，若是我告诉你，我们的治疗犬早就掌握了打篮球的动作。但是它们要做出一无所知的样子，然后慢慢地进步，你觉得怎样？

我说，这是人都难以完成的作业。

艾米说，优秀的治疗犬能够成功地做到这一点。它们懂得循序渐进，懂得让训练者有成就感。狗非常忠诚，它是把人当成它的头狗来效忠的。

告别的时候，艾米女士和治疗犬一道欢送我。我一一抱起治疗犬，表达一名人医生对四位犬医生的敬意和谢意。我问艾米女士，哪一位是珊妮？

我想，那只威武高大的母犬应该是珊妮了，好像含威不露的资深女医生。

没想到，艾米说它的名字叫采茜。至于珊妮，是这里最好的治疗犬，所以整个队伍以它的名字命名，叫作珊妮兵团。不巧的是，珊妮今天出诊去了，到病人家里做治疗，很晚才会回来。

无缘见到这支部队的总司令，甚为遗憾啊！当沿着陡峭的楼梯走下，我故意把脚步放慢，期待着，也许正赶上珊妮出诊归来呢。

海明威的最后一分钱

基韦斯特是美国本土最南端的一座小岛，东西长约5.5公里，南北宽约2.5公里，像一只胖而舒适的卧蚕，睡在蔚蓝的海中。战争年代，由于基韦斯特独特的地理位置，这里是兵家必争之地。

我选择到基韦斯特一游，不是因为战争，或者说，也是因为战争——一位擅长描写战争的伟大作家曾在这里生活过，他就是欧内斯特·海明威。

半个多世纪以前，声名初起的海明威，厌倦了大城市的繁华生活，想换换口味。小说家约翰·帕索斯向他推荐了佛罗里达州的小岛基韦斯特。这座岛距离美国大陆的距离比距离古巴的距离还要远，地处墨西哥湾和大西洋交汇的水域，岛上长满了红树林、棕榈、胡椒、椰子、番石榴……天空飞翔着蓝色和白色的海鸟，云彩堆积着，巍峨得好像奇异的山峦。海水由深邃和清澈，变得近乎紫色，赤红色的水母遨游着，和天边的霞光呼应，构成了诡异的光柱。岛上居住着西班牙和古巴的渔民，是早年捕鲸人的后代，民风淳朴。海明威欣喜若狂地说："这是我到过的地方中最好的一个，我一点也不留恋大城市的生活。纽约的作家，那都是装在一个瓶子里的蚯蚓，挤在一起，从彼此的接触中吸取知识和营养，我想躲开他们。"

基韦斯特岛的确非常美丽，让人沉醉而迷惑。但我想不通，在如此妖媚的阳光下，海明威哪里来的心境去描写流血的战争？我有个不登大雅之堂的心得，总觉得作品是某种地理时空的产物，就像野菊花是旷野和秋天的合谋。可能为了迅速纠正我的谬误，夜里，就让我见识到了加勒比海一场骇人的风暴。暴烈的阴云和能够置人于死地的狂雨让我明白了，这里的天空和海洋可以比拟任何战争与和平。

海明威在这座小岛上写下了《永别了，武器》《午后之死》《胜利者无所获》《非洲的青山》《有的和没有的》《第五纵队》《西班牙的土地》，以及《丧钟为谁而鸣》的一部分……这些小说，凿成一级级花岗岩阶梯，送海明威到达了不朽的山巅。

海明威来到基韦斯特定居以后，先是住在西蒙通街，后来搬到了怀特理德街907号，现在对游人开放的就是907号故居。它坐落在一条短短的安静的小街上，回想半个多世纪以前，这里一定更为清冷。宽大的庭院，一栋白色的二层楼房，绿得不可思议的树和曲折的小径。走进故居，首先接触到的是无数只猫以豹子般勇敢的身姿，在你脚下乱箭般窜动。这可能是世界上最无人管教的家猫了。还有一些猫不成体统地睡在小径的中央，袒胸露乳、放荡不羁。刚开始我几乎以为它们是死猫，它们委实睡得太沉醉了。别看这些猫其貌不扬（以我有限的知识，觉得它们是一些平凡的猫，绝无名贵之种），但它们的血统直接来自海明威当年豢养过的猫，个个是正牌后裔。它们气定神闲、为所欲为，赋予海明威故居以勃勃生机。它们是大智若愚的，对所有的访客不屑一顾，心知肚明，自己的祖上才是这厢真正的主人。

我在海明威的故居内轻轻地呼吸。

这套房子是海明威的第二任妻子波琳的叔父于1931年送给波琳的礼物，海明威在这里生活了八年。房子原先是栋西班牙风格的古典建筑，年久失修，门槛腐朽，墙皮脱落，房顶和窗户也有很多破损。海明威着手组织工匠把房子从里到外来了个大改造。这不是项小工程，尤其是设计方案，有很多是海明威自己完成的。

现在看起来，这是一套舒适而井然有序的房子。我原来以为海明威的写作间是阔大的，按照房屋的规模与格局，他完全有能力为自己做这样的安排。室内的陈设，估计很可能是凌乱的。但是，我错了。工作间异常整洁，面积也不算很大，铺着黄色的木质地板，齐胸高的白色书架靠在墙边，古典的西班牙式的圆形写字台摆在地中央，阳光充足得让人想打喷嚏。在介绍海明威的书籍里，写着海明威习惯站着写作，他常常把打字机放在书架的最上一层。但在海明威的故居中，我看到的打字机还是规规矩矩地放在写字台上。

海明威还有一个我觉得很女性化的习惯，就是爱收藏小动物玩具，比如铁乌龟、背后插着钥匙的玩具熊、小猴子和长颈鹿造型的小工艺品……我在一些名人故居经常看到的是名贵的收藏品，显示着主人的身份。但是，海明威不这样，他让人看到的是一个大作家的率性和真实。

给我留下特别印象的是海明威的孩子的卧室，地砖的颜色如同韭黄般鲜嫩。解说员告知，这间房屋的设计是海明威亲自完成的，铺地的材料是海明威专门从法国订购来的。

我偷偷笑笑。平心而论，和整套住宅华贵精致的风格相比，海明威为自己的孩子所设计的卧室，谈不上出色。不敬地说，甚至有支离破碎的堆砌之感。但我想，他一定是倾注了极大的爱心，单是把那些颜色暖亮得如同咸鸭蛋黄的瓷砖一路颠簸地运到这座小岛上来，就让人的心情从感动演化成嫉妒。不是嫉妒海明威的富有，是嫉妒那孩子所得到的眷爱。

海明威的庭院里，有一座露天游泳池。出门就是天然浴场的岛屿，从咸水的怀抱里掬出一座淡水游泳池，即使在今天，也是奢侈。更不消说，海明威是在半个世纪以前一举完成此项工程的。那时，这颗淡绿色的葡萄，是整座岛上的唯一。

在更衣室和游泳池之间的水泥地上，有一块灰暗的玻璃，落满了尘土。解说员将浮尘拭去，让游客看到一枚硬币镶嵌在水泥中央。由于年代久远，币面显出苍老的棕绿。

这就是那著名的一分钱了。在观光手册上写着："海明威曾用两万美元修建这座全岛唯一的淡水游泳池。他说过，要用尽最后一分钱来建造。他做到了，于是在完工的时候，他就把自己的最后一分钱镶嵌在了水泥地上。"

浪漫而奢华的故事。海明威一掷千金为博红颜一笑，有点帅哥的味道。我却多少有些不明白。既然是求奢华享受，就不要这样捉襟见肘。就算捉襟见肘，也不要公告天下。就算要公告天下，也要做得好看一些。这枚锈绿的硬币，歪斜着，尴尬着，好像一张肿了的苦脸。

我把自己的想法对解说员说了。那是一个被热带阳光晒出一身麦黄肤色的青年。他说，自己祖居基韦斯特，对海明威很了解。

那一分钱的真相是这样的。他陷入了沉思。

海明威的妻子波琳执意要建造岛上第一座淡水游泳池。在她，这不但是一种享受，更是一种地位和财富的象征。海明威出于爱，答应了这个请求。家中当时并非富有，两万美元不是一个小数目，海明威抖空了钱袋的缝隙。施工很混乱，预算一再突破。有一阵，几乎要半途而废。海明威殚精竭虑，把最后一分钱都榨了出来，才艰难地完成了这座划时代的游泳池。为了表达这份窘迫和来之不易，海明威把一枚硬币镶嵌在这里。

海水拍打着珊瑚礁。往事已经湮灭在不息的浪花之中。我不知道在众多的海明威传记当中，还有没有更权威、更确切的说法，关于这一分钱，关于这座来之不易的游泳池。

从故居走出，我们在海明威生前最爱去的那家酒吧点了一种海明威最爱喝的酒，慢慢呷着。我想，我愿意相信解说员的解释。因为他那麦黄色的皮肤是一个强有力的注脚。从依然明亮的瓷砖到早已暗淡的游泳池，我在那座葱绿的院子里，除了记住了海明威的旷世才华，还感受着他的率真和独特的个性。

浮潜加勒比海

美国本土的最南端，佛罗里达州的基韦斯特岛。我和翻译安妮在夜半时分到达，乘一辆吉普车似的小飞机降落在机场。机场很小，如同郊外的长途汽车站。甚至没有人查验行李，自己动手从传送带上取下行李，然后一头钻进被腥热的海风泡软的黑暗中。

安妮说，你等一等，我去取车。

接待方计划安排得很周到，考虑到小岛上交通不便，特地为我们租了一辆车。安妮从机场问讯处取到了一个密封信封，撕开信封就见到了车钥匙。我们拿着钥匙，拉着行李，到机场前面的停车场去找我们的车。那种感觉好似要进山打猎，有一杆枪和一只属于我们的狗，正在不远处的山脚下等待着新主人。

很快找到了我们的车，一辆红色的雪佛兰。进到车里，很洁净。我说，好像是新车。安妮说，这是美国最普通的车，旧了便租不出去。安妮飞快地驾着车，在寂静的渺无一人的沿岛公路上，雪佛兰如同一颗红色的保龄球，快乐地向前。我们找到下榻的旅馆，一栋美丽的白色建筑。因为抵达得太晚，管理人员已经入睡，录音中留给我们的信息是：××号房间的钥匙，压在门口的脚垫下。祝你们晚安。

在脚垫下摸到了钥匙，走进门，如同刚孵出的小鸡一样的嫩黄色扑面而来。屋顶是黄色的，墙壁是黄色的，连同卫生间所有的瓷砖和洗手盆，都是杏黄色的。这种黄色让人先是不惯后是惊喜。对于中国人来说，明亮的黄色有一种潜在的禁忌，在漫长的时代属于皇室，凡人一眼见到，有一种消受不起的惊慌。

然而，还是从心底喜欢，葵花般的兴奋。

由于太晚，料定没有晚饭可吃。刚才在路边的小店买了一种鱼肉做成的沙拉。我和安妮各自住下，我开始吃沙拉，有海水的味道，细腻软滑，浇了一些莫名其妙的汁液，酸而辛辣。

第二天，我们先去参观海明威的故居。街上有很多酒吧，好像每一座酒吧海明威都曾在里面喝过酒。到了一家据说是海明威最常去的酒吧，我们要了一杯酒，据说这也是海明威最爱喝的。我一边喝着，一边觉出自己的可爱与可笑。已经这把年纪了，像是追星的少年。名人坐过的地方，自己也要安放一下屁股。不管海明威喝着这种饮料听到水手讲了多么动人的故事，不论海明威在这种饮料的刺激下萌发了怎样的灵感，我还是要说，那种饮料对我的舌头来讲，一点也不舒服。

缓缓地踱步。在这样的地方快步走，暴殄天物啊！一辆废旧的汽车，浑身贴满了闪亮的瓷片，仿佛无数妖魔闪着银亮的脸，对着天空和海卖弄风情。我说，这是什么？安妮说，这是居民的创造。他们在玩，喜欢瓷片，觉得瓷片好玩，就把它们贴在旧汽车上，让过往的人也欣赏他们的杰作。

我点点头，表示明白，一边在想，不知道我的国家的人民何时能有这份雅兴？

除了参观海明威故居，我们在这座岛上就没有固定的安排了。安妮说，我们怎样来度过这两天？我说，随缘吧。我们就在路上走，看到什么好玩的事，我们就去参加。

于是我们就像两个真正的观光客，懒懒散散、懈懈怠怠地在路上走。我们先是沿岛转了一圈，在美国最南端的标志前照了相，然后在路边无数的小店流连忘返。这是一个纯粹的旅游胜地，店铺也很有特色。我姑且把它们称为“专卖店”。这种“专卖”和一般的理解有所不同，不是专卖男装、女装或是电器，而是专卖“螃蟹”“海龟”或是“鹦鹉”“壁虎”……这么说吧，你看到一家门楣上镶着一只螃蟹，你走进店门，就会看到各种质地、各种形态、各种样式的螃蟹，比如瓷的、布的、塑料的、玉石的、钢铁的、玻璃的……仿真的、卡通的、夸张的、写实的……红的、绿的、紫的、白的……站着的、趴着的、俯仰的、侧卧的……你会觉得全世界的螃蟹都接到了紧急的命令，到这里来集合，以供每一个游客检阅。看到如此多形态各异的同一种生物，会感觉到造化的神奇和人的想象力的丰富。自然界的螃蟹再稀奇古怪，也是大同小异的，只有人的想象才使螃蟹变换出如此庞大的家族，演绎出万千气象。每一只螃蟹都非常可爱，令人恨不得全部囊括回家。可惜银两有限，只买下一只红色的塑料螃蟹，直径约有半尺，肚腹处一捏，会吱吱作响。心想这样大的个头，如果煮熟的，要卖大价钱。但吱吱响，就有些莫名其妙，权当螃蟹的肚子里寄居了一只小老鼠吧。

我们继续走。岛上有很多T恤店。

观光手册上写着，在专卖店中，最受人欢迎的是请店家在素色的T恤上加印自己喜欢的图案或是花样，只是价格会因商家的不同而有很大的差异。虽然也有很多相当有良心的店，但也会有一些店家以强迫的方式逼游客买货。通常一件T恤是12美元，若买得较多，店家会打折。所以购买时一定要砍价，若觉着价格太高不可接受，就应坚决地拒绝。找回的零钱也必须仔细核对清楚，还须留意税金的问题……

这本观光手册是日本出的，看来他们为自己的同胞设想得真够细致周到。

和安妮进了一家小店，店里是五颜六色的T恤衫。

我们还没来得及浏览，店主就迎过来说，你们是日本人吗？

我说，不是。

他又说，你们是韩国人吗？

我说，不是。

他突然就很高兴地说，那你们一定是中国人了。

我说，是啊！

他说，我也是中国人啊！

轮到我惊骇莫名。无论从哪个角度来说，他的模样都和中国人相差太远。我说，真的吗？

他说，当然是真的。我的祖父是中国人，我的祖母是巴西人。我出生在巴西，后来我来到了美国。我的叔叔和表哥、表姐都长得很像中国人，只有我，一点都不像。我很苦恼，可是也没有办法。我总是对别人说，我是中国人，可是大家都不相信。看来，你们也是这样，我很伤心啊！我要证明给你们看。

说着，他掏出了一份证件，说，你们看了这个，就会认我是中国人了。

我拿着他的证件颠来倒去看了半天，还是不知道从哪里看得出他有中国人的血统。

他说，你看，我的姓里有“VHANH”的拼法，我的祖父姓张。他说过，无论你们最后成了哪国人，都要有这个“张”字。

那一瞬，我很感动。我说，老乡，那么，我们来照一张相吧。

他说，那太好了。这里是旅游胜地，是富人们来的地方。可是我从未在这里见到中国人。今天看到了你，看来今后我会在这里遇到更多的中国人了。

于是我们合影。合影之后，友好地分手。然后，我慢慢地走，很久默默无言，连买T恤衫的兴趣都烟消云散。我对安妮说，这条街上，有各种专卖店。以后，中国人来了，可以在这里开一个从未有过的专卖店，生意一定会非常红火。

安妮说，卖什么呢？

我说，卖“熊猫”啊。这条街上，有卖“马”的、卖“猴子”的、卖“山羊”的，甚至卖“蝎拉虎子”[①]的专卖店，怎么就没有一家卖“熊猫”的专卖店呢？要知道，美国人是很喜欢熊猫的啊！从中国进货，各种“熊猫”，塑料的、铁的、不锈钢、瓷的、棉的、绣花的、毛绒的、竹编的、泥雕的……应有尽有，琳琅满目，品种繁多，绝不输给这街上其他任何一种物品的专卖店啊！

安妮也兴奋起来，说，那是一定的。

岛上有一种小火车，样式很像早年的蒸汽火车，其实是电动的，在岛上蜈蚣一样慢慢爬行。火车司机兼任解说员，随着车轮的进程，向游客们介绍岛上的风土人情。路过一栋木结构的白色小屋，他就介绍说，这里是“奥杜邦纪念馆”。奥杜邦是有名的大学者，尤其在鸟类的研究方面很有建树。据说在馆内陈列着奥杜邦亲笔所画的鸟类的素描。又路过了一座“灯塔博物馆”，它本身就曾是一座灯塔，建于1894年，据说里面陈设着航海图和早年间灯塔的实用物品。在马洛里街区附近，可以看到名为“小白宫”的建筑——一栋精美的白楼，1946—1952年，由于美国第33任总统杜鲁门时常带着家人和随从到这里来居住，因此得名。

导游看来是很尽职的，说话也有特点。不过，这位司机兼导游给我的印象不大好。因为我不通英语，每逢他说完一段介绍的话，我就要请安妮帮我翻译。我们交谈的声音很小，但导游认为

---

① 北方土话，指壁虎。

还是影响了他的工作，对安妮说，要她停止为我翻译。安妮很不高兴，说，你们既然不能提供各种语言的翻译，就不应该阻止游客自我服务。导游很会发动群众，面对着小火车上的乘客说，他这样做是为了更好地为大家服务。我赶快劝安妮，说不要因为我坏了大家的兴致。毕竟面对着如此美丽的风景，以心态的平稳为第一重要。

于是，没有了翻译，在以后的长约一小时的旅行中，我如同失聪的人，只凭自己的一双眼睛欣赏周围的风光。最让人心旷神怡的是岛上的建筑，都是白色的，雪白如贝壳，蓝天之下，耀人眼目到眩晕。

下了小火车，我把憋在心里许久的问题倒出来，为什么所有的建筑都是白色的？是否这里有统一的规定？

安妮说，没有。因为从美学的角度出发，这座岛屿上的建筑以白色最为艳丽。为了维持岛上的景观，所有的人都默默地遵守着这条不成文的规定，没有人违反。

这一点让我在意外之余很是感动。美国是一个非常讲求个性化的地方。在其他的小镇，你可以看到，几乎没有一座建筑是雷同的，千奇百怪，呼风唤雨，每个人都在极力张扬自己的个性。但是在这里，不管是自发还是统一规定，反正所有的人都严格地执行着“白色主义”。在成千上万座建筑上，我没有看到任何一座不是白色的外墙。也许屋里依然色彩纷呈，但是，房屋的外观一律是像鲨鱼牙齿一般的莹白。

海明威的故居也参观了，街道也浏览了，小火车也坐了，剩下的宝贵的一天，干什么？

我们在街上的海报中看到了“加勒比海潜水”的项目。身穿潜水服的蛙人吐着大如牛眼的泡泡，身边萦绕着礼花般灿烂的热带鱼，引人遐想无限。我和安妮几乎是异口同声地说，走，咱们潜水去！

潜水教练室在一个曲曲弯弯的小巷里。不知为什么，我和安妮往里走的时候，不安的感觉云雾般袭来。当我把这种想法说给安妮的时候，安妮说，毕老师，我也正想告诉你，我有一种不祥的预感。

我们面面相觑。但是，我们都不是轻易服输的女人，马上就要到潜水教练的办公地了，哪里能打退堂鼓？

潜水教练是一个长着大胡子的高大男人。他嚼着口香糖，漫不经心的样子。他先告知我们，潜水训练需要6个小时，要交纳110美元。我们点头应允，他的热情才高涨起来。我估计他原本以为我们只是一时兴起，随便来打探一番，没想到两个看起来散淡的东方女人真要潜入海底，并非只是说着玩的。

他拿出一摞厚厚的表格，要我们一一填写。那项目真是详细，从你幼时得过何种疾病到祖上的健康状况，都一一涉猎。有无心血管疾病？有无脑血管疾病？有无糖尿病？有无癫痫？有无心肌病？有无关节病……密密麻麻的病名，直看得我这个医生出身的人都惊出了一身薄汗。安妮来得爽快，在所有的病名后面画一个大大的括号，然后写一个大大的“No”字做结。我却没有这番利落，因为表中有几条询问让我觉得须郑重对待。

其一是：你是否有过在高速下降的电梯中耳鸣的经历？

其二是：你是否有过在飞驰的地铁中耳鸣的经历？

其三是：你是否有过在密闭的车厢内耳鸣的经历？

我对安妮说，不幸，我都有过。请你帮我询问一下，这对于下潜是否有影响？

安妮询问。潜水教练回答说，这说明你的中耳和内耳的机能不良。这对于下潜有很大影响。教练说完这些话后，又拿出一张表格让我们填写。安妮看完之后，很是生气。

我说，这上面写着什么？

安妮说，这是一份具有法律效力的文件。如果我们签了字，就证明我们对于下潜中所发生的一切问题都后果自负，和他们没有任何关系。

我说，那么，他们负何种责任呢？

安妮说，他们不负任何责任。

安妮和潜水教练理论，教练海盗般地微笑着，一言不发，脸上所有的笑容都写着一句话：这里我说了算！

安妮慢慢地抓起那几张我们填写过的纸，认真地把它们揉成一团，丢在了地上。

如果我们死在潜水的过程中，他们是不负任何责任的。我是你的陪同，要对你的安全负责，单是这一条，我们就不能在他的文书上签字。安妮对我说。

我说，安妮，你做得很对。我们都有直觉，还是相信我们的直觉吧。离开这里，到安全的地方去。

我们又走在洒满热带阳光的大路上，欢快如初。我们后来找到了乘坐游艇出海的项目。这次不是深潜，是浮潜。也就是说，游艇将游客运送到加勒比海湾内的某处珊瑚礁，让游客们佩戴好蛙鞋和潜水呼吸管，戴好目镜，然后从游艇的中央楼梯下潜，在海中停留约半小时后，再返回游艇，返回海岸。

我买了一件游泳衣，是棕色格子带裙边的，穿上很有趣，有一点像冬天的风衣，很御寒的样子。安妮的泳衣十分漂亮，我们两个在游艇上，一言不发地看着周围的人。他们多是来自美国各地和欧洲的游人，成双成对者居多，看来是夫妻到这里度假的。白种人的皮肤按说是很怕晒的，可安妮说，在美国，如果谁能在周一上班的时候，携带着这种被热带阳光晒得红艳艳的皮肤出现在大家面前，那么大家都知道，他飞到佛罗里达度假了。这是很有面子的事。所以，几乎所有的美国人都趴在甲板上像晾鱼干一样翻晒着自己，唯有我和安妮躲在阴凉里，喝着加冰的可乐。

终于到了蔚蓝海水中的珊瑚礁。我迫不及待地潜下水。哈！真美丽啊！无数的热带鱼在身边掠过，它们经过我的皮肤的时候，好像羽毛刺透丝绸，一种爽滑，一种让人心痒的酥麻，我翻动着自己因为穿了蛙鞋而变得长大丰硕的脚掌，觉得自己像个水怪。倒是热带鱼们见怪不怪，悠然自得地嬉戏着。

那天返航的时候，我和安妮看着天边的云霞说，我们终于潜到了加勒比海的水中，我们还活着，这就很好。

甲虫冰激凌

芝加哥可真冷啊！从机场出来，寒风一拳砸了过来。真想头也不抬随便撞进哪家饭店，有热牛奶就是天堂。可惜，不行啊！按照计划，我们必须在当天晚上赶到美国伊利诺伊州的小镇弗里波特。

乘坐“灰狗”客车，在暮色苍茫的美国中部原野上疾驰。树叶红黄杂糅，现出凋零前不可一世的瑰丽。广阔的土地，远处有高大的谷仓……

从青年时代起，每当面对巨大场景的时候，我就有一种轻微的被催眠的感觉，好像魂飞天外，被一种超自然的力量所震慑。我会感到人是这样的渺小，时间没有开始又没有终极，自我只是一个微不足道的点，在太阳的光线之下蒸发着……我在西藏的时候，常常生出这种感念，这次，是在美国的旷野，突如其来地降临了这种久违的感受。我就想，每个人的历史，如同嗜血的蚂蟥，紧紧地叮咬着我们的皮肤，随着我们转战天下。也由此，我深深地记住了伊利诺伊州的黄昏。

我们乘坐玛丽安夫妇的车到达岳拉娜老人的家的时候，天已黑得如同墨晶。

在黑魆魆的背景下，老人的窗口如同一块蛋黄晕出轮廓，花园的树丛像一只只奇异的小兽，蹲着、睡着。玛丽安夫妇把我们放在花园小径的入口处，就告辞了。

家中有孩子，在等着我们做晚饭。他们说。

我本来以为同是一个镇子的乡亲，玛丽安夫妇接到了我们，把我们平安送达到了岳拉娜老人的家，他们之间会有一个短暂的交接仪式，把我和安妮像接力棒似的传过去。但是，没有，他们的车在黑暗中远去，留下我们在一栋陌生的房屋门口。

岳拉娜是一位有趣的老人，她已经87岁了。这是车开动以前，玛丽安留下的最后一句话。

天哪，87岁！真是一个很大很大的年纪了。我甚至在想，这样大的年纪了，为什么还愿意招待外国人？怀揣着疑惑，拖着行李箱，我们走到这栋别墅式住宅的门口。在电影中，此时的经典镜头是双扇门嘭地打开，灯光泻出，好客的主人披着屋里的暖风和光芒迎了出来，热情的话语敲击耳鼓……但是，没有。也许是因为车子停靠的地点比较远，也许是老人家的耳朵比较背，总之，当我们以为房门会应声而开的时候，房门依然紧闭。

寂静中，有一点凄凉，有一点尴尬。很久以来，可以说自从踏上美国土地的那一刻开始，我就在等着这一次的经历。在普通的美国人家中度过几天，是令人神往和想入非非的。在介绍行程的册子上写着，岳拉娜老人是一位农民，于是我想到了黄土高原的老大娘和无边无际的金玉米，虽然我知道这会是完全不同的场景。

有一百种想象，就是没想到在漆黑的夜里，站在陌生人的门口，等待着叩响无言的门扉。

安妮轻轻地敲打着门。可能是太轻了，没反应。安妮加重了一点手指的力量。门开了。

岳拉娜是一位驼背的老奶奶，穿着粉红色的毛衣，下身是果绿色的裙子，看得出，老人家为了我们的到来是专门做了准备的。她的目光有一点严厉，和安妮的寒暄也不是很热情，虽说言语不通，我也看得出，她有些不满，甚至是在责备我们。

安妮笑笑对我说，她说我们到得太晚了，她在为我们担心。晚餐早就做好了，她一直在等我们，都快睡着了。

我立刻从这种责备中感受到了家的温暖。是啊！从小，当我们玩得太晚回家的时候，你还指望在第一时间得到的是温暖的问候吗？通常的情况下，你收获的肯定是责备。唯有这种责备，才使你得到被人惦念的感动。

老人用极快的速度端出了晚餐，看来，她是个身手麻利的人。首先映入眼帘的是一盆深红色的豆子汤，汁液内有若干的漂浮物，看起来黏稠而复杂。安妮问，这是什么煮成的？

岳拉娜老奶奶正在操作的手被问话打扰，有些不耐烦地说，这是豆子汤。

安妮询问的积极性并未受到打击，我知道她是为了我，让我能更多地了解到美国普通民众的生活，包括他们的食谱。于是，安妮锲而不舍地问，豆子汤是怎么做出来的呢？

老奶奶露出不胜其烦的样子回答道，就是用豆子——红豆子煮的呗，里面要加上猪肝和鲜肉，要煮很长时间。

到底要多长时间呢？安妮问得真详细，让人疑心她以后要依样画葫芦地也烧一碗豆子汤。

老奶奶看来是被这样的穷追猛打闹得无计可施，只好停下手里的盘碗，认真地想了一下回答道，要煮八个小时。如果你没什么事，不妨煮上一天，时间越长，越好吃。

好了，问到这里，算是告一段落了。安妮不易察觉地向我递了一个眼神，意思是——关于这道汤，咱们是明白了。

我点点头。我不想让老奶奶觉得安妮是一个弱智的孩子，我知道，安妮这是为了让我多一些感性的知识，我愿和安妮同甘苦共患难。于是，我带着夸张的表情说，八个小时，甚至还要多！这是很难做的汤啊！

没想到老人家一点也不领情，撇撇嘴说，有什么难做的？普通的汤而已！

于是我和安妮意识到，在这样一位历尽沧桑的老人面前，最好的尊重就是封起嘴巴，睁大眼睛，竖起耳朵。

主食是老奶奶自家烤的香蕉夹心面包，非常香甜，好吃极了。

我和安妮埋头吃饭喝汤。一是饿了，二是不知这倔老太太爱听什么。依目前的情况来看，我们埋头吃饭，就是她最高兴的事了。

饭后上的甜点，是老人自己做的红草莓冰激凌。在晶莹的冰激凌碗里，我一眼看到一只红黑相间的甲虫。它甚至还是活的，虽然被寒冷和糖分腌得萎靡不振，但从冰箱来到了温暖的餐桌，在明亮的灯光照耀下，渐渐地恢复了生机，收敛的翅膀也扇页般地张开了。

一只甲虫。安妮眼尖，最先发现，叫起来。

我也看到了，小声重复着——一只甲虫，好像，是瓢虫。

岳拉娜老奶奶说，是的，肯定是瓢虫。虽然我看不清，可我知道它是瓢虫。红草莓是我从自家的花园里摘的，下午才摘的，很新鲜。在草莓的叶子里，经常有瓢虫，还有一些不知名字的虫子。我的手，就在摘草莓的时候被虫子蜇伤了。

老人说着，把她布满老年斑的手伸到我们面前。那一刻，我和安妮无言，连礼貌性的惊诧和同情都忘了表达。一只苍老的手，手背处红肿得像个小面包。为了远方的客人，老人家从早上就开始煮红豆汤，下午又到花园里摘新鲜的草莓。

这只瓢虫是可以吃的。老人没注意到我们的感动，颤颤巍巍地把瓢虫送到嘴里。我想，这种吃法一定来自一个世纪以前。

饭后，老人领着我们参观她的家。这是她花了两万美元买下的老年公寓的租住权。也就是说，只要她在世，就可以住在这所房子里。如果她感到自己需要人照顾了，就可以付出较多的费用搬到有专人护理的楼舍里。如果她的身体进一步衰退，就要住到老年医院里去，一天24小时都有医生护士照料。当然费用也就更高了。在老年公寓居住的老人，只拥有房屋的使用权，如果他不幸去世了，房屋就由老人中心收回，老人的家属和后人不再享有房屋的继承权。

客厅很大，有专属于老年人的那种散漫的混乱和淡淡的陈旧气息。在客厅最显著的一面墙上，挂着很多盘子。

这是我年轻时周游世界的时候买的。每到一个地方，就会买一个那里的盘子。每当看到这些盘子，我就好像又到了那些地方。岳拉娜老奶奶一边指点着，一边很自豪地说。

我看到了北美风格、南美风格、欧洲风格和亚洲风格……还有不知是哪里风格的盘子，它们挂在墙上，好像很多只眼睛，眨着不同的风情。

你看，我还有一枚中国的印章，那是我在上海刻的。你可以告诉我，它在汉字中是什么意思吗？老奶奶说着，拿出一个锦缎的小盒，小心翼翼地打开来。

我看到了一方并不精致的印章，刻得很粗糙，石料也不名贵，总而言之，是在旅游旺地小摊上常见的那种简陋蹩脚的货色。看到老人那么珍爱的神情，我也显得毕恭毕敬。

这是什么意思？老人指着“岳”字。

这是山峰的意思，高高的山峰。我说。

哦，山的意思。那么，这个呢？老奶奶又指着“拉”字。

我沉吟了一下，觉得这个“拉”字实在是不易解释。就算我勉为其难地做出一个动作，解释了“拉”，但马上她又要问起“娜”，我可就真说不上来了。看着老人求贤若渴的样子，我可不敢扫了她的兴。这样想着，我就说，在汉字里，有一些字是必须连起来用的，不可以分开。您的名字中的“拉娜”这两个字就是这样的，它们连起来的意思就是——美丽的女孩。

美丽的女孩？岳拉娜老奶奶重复着，重复着。

我说，对了，就是这个意思。您的名字整个连起来念，意思就是——站在高高的山上的美丽女孩。

我说完，看着安妮，给她一个清晰的眼神。安妮，你可千万别揭穿我的解释。

安妮低下头，我看到她在悄悄地笑。

这真是很有意思的名字。好啊！我很喜欢我的名字的中文意思。我要把它告诉我的好朋友。岳拉娜老奶奶心满意足地说。

老人蹒跚着，指给我们看卧室和卧具。两张并排的单人床，好像幼儿园大班小朋友的宿舍。床上铺着雪白的绣花床单，熨得平板如铁，好像用米汤浆过。

这是60年前的床单了。我那时刚刚结婚，一下子就买了两条，一直用到了现在。

我和安妮熄了灯。在黑暗中，我对安妮说，我从来没有在一条有着60年历史的床单上睡过觉。

安妮说，不知我们会做好梦还是做噩梦。

我想会是好梦吧。

那一夜，睡得很沉，什么梦也没有做。早上醒来，天空把空气都染蓝了，岳拉娜老奶奶要带我们到教堂去。

她把车库的门打开，开出一辆墨绿色的捷达车。老奶奶穿了一套杏绿色带条纹的羊毛衫裙，很高兴地发动了车。

我这辈子还从未坐过一位87岁的司机的车。我悄声问安妮，这么大岁数的司机，还让上路啊？

安妮说，你是不是不放心？没事的。我昨天同老奶奶聊天，得知她已在这镇子上住过几十年，所有的路，她闭着眼睛也开得到。再说了，我估计所有的村民都认识这辆墨绿色捷达，看到老奶奶来了，都会让她三分的。

教堂很近，但车走得很吃力。安妮悄声对我说，老人家的手刹一直拉着，没放下。安妮是一个非常优秀的司机，对这种情形简直如鲠在喉。我要告诉老人家。安妮说。

我说，不可。

安妮说，为什么？这样对车是很大的磨损，而且也不安全。

我说，你刚才不是说过了吗？在这样萧条的小镇上，是不会有什么危险的。如果你说了，老人会不高兴的。不如你找个机会，悄悄帮她拉起手刹。

安妮说，我还是要告诉她，我已经闻到橡胶的煳味了。

于是，安妮就对岳拉娜老奶奶说了关于手刹的事。果然，老奶奶没有一点感谢的意思，气呼呼地说，我的手刹没问题。然后，她就很生气地继续向前开车。

安妮不再吭声。我对安妮说，一只老母鸡哪里肯听一枚鸡蛋的教训？这下你明白了吧？

安妮说，可我明明是为了她好。

我说，为了她好，就让她感到高兴吧。手刹不拉起来，当然是不好，可是你告诉了她，手刹还是没拉起来，老人家还很生气。你想想吧，究竟怎样更好？

安妮说，你这样一讲，我就把另一句到了舌头边的话压回去。

我说，怎样的一句话？

安妮说，我看到岳拉娜老奶奶的羊毛衫背后有一片污迹，好像是洒的菜汤。说还是不说？我决定不说了。

我说，安妮，我赞成你把这句话忍回去。老人家的眼睛实际上已经看不到这样的污迹了。在她的眼睛里，杏绿色的羊毛衫是很美丽的，她很想在我们的眼中也是美丽的。我们就帮她维持住这样的想象吧，这也许是比说出真相更难达到的关切。

这样嘀咕着，乡村的小教堂已经到了。

大家穿得都很漂亮，教堂里弥漫着温暖的气氛。牧师在一系列的宗教仪式之后，说，在过去的一周里，谁家有亲人生病或是逝去，或者是自己的伤感和悲痛的事件，都可以在这个场合与大家分享哀伤……

我看到身边的岳拉娜老奶奶跃跃欲试。我有点奇怪，从昨天到今天，老人家的情绪一直很正常，她有什么伤心事呢？

果然，牧师的话音刚落，岳拉娜就猛地站起来，动作之敏捷和她的年龄都有些不相称了。全场的目光聚向她。她深吸了一口气说，我有一件事要向大家报告，我的家里来了两位客人，她们是东方人，是从遥远的中国来的……

老人讲得很是得意，但全场有一些骚动。因为众人的心理是预备听到一个忧郁的信息，但岳拉娜老奶奶实在是喜气洋洋的。

老奶奶一边说着，一边示意我和安妮站起身来，向全场人打个招呼问好。我们站起来，向大家微笑。

稍有一点尴尬。我猜，老奶奶一定是从走进教堂的那一刻就期待着站起来报告自己家中的事情。她根本就没听到牧师的话，不知道自己现在有点不合时宜。

场上安静了片刻，大概大家也需要一点时间调整情绪。好在人们很快就把肃穆的表情变成了笑脸，回应着我和安妮。

然后是大家为海地的饥民捐款。礼拜过后，在教堂的小图书室里，还有一个小小的活动。

这个小小的活动是对正在放映的一部关于死亡的专题片发起讨论。大家围着一张橡木长桌子坐着，桌上摆着几碟香喷喷的小点心。我发现在讨论开始的时候，没有人吃这些点心。当讨论到某一个时刻的时候，大家都不由自主地吃起点心。我知道，那是这个话题引起了众人普遍的焦虑。

今天讨论的题目是《死亡是一关》。

在美国，正在发起“进一步了解死亡”的运动。随着现代社会的发展，死亡被隔绝在白色笼罩的医院里面，死亡变得神秘和恐怖以及不可思议。因为技术的发达，使死亡的过程变得漫长，使人们在死亡面前反倒丧失了尊严。人们需要优雅宁静的死亡空间，这最好就是在家里。

这部电视专题片，说的就是怎样死在家里。有人说，美国人是一个非常怕死的民族，因为这里无灾、无饥，也无战争，死亡好像很遥远。大家害怕死亡，不愿看到死亡，就把死亡封闭起来。现在，美国人勇敢了，把死亡从白色的囚笼里放了出来，在光天化日下讨论。

一个男人说，死亡对财富和精神都是巨大的打击。

听的人频频点头。我觉得这是一个很有趣的说法。这句话的主语是谁呢？想必不是指那个死去的人。他已经不在了，无所谓精神还是财富。那么，这句话指的就是活着的人了。死亡对精神是巨大的打击，我可以理解。但是，对财富……我就有些不大明白了。

另一个人说，死亡时，最重要的是要让人们知道爱。无论是那个死去的人，还是活着的人，都要知道，有人爱着我们，我们的爱也已被接受。

讨论的形式是看一段录像，大家交谈一番。专题片上出现了一个濒临死亡的人，可能是忍受不了疾病的痛苦折磨，或者是被无望的等待煎熬得心烦，他对前来看望他的医生说，我为什么还不死呢？快让我死了吧！

看到这里，我有点替那个医生着急。面对这样的病人，你该如何回答呢？安慰吗？故意说些乐观的话？王顾左右而言他？似乎都不是好办法。如果我在现场，无奈之中也许会佯装未曾听见，转身就走。但我知道，濒临死亡的人有一种属于死亡的智慧，你骗不了他。

正心焦着，只听得屏幕上的医生和颜悦色地对濒死之人说，你的时间还没有到。时间到了，你会死的。

我以为那个病人会痛苦，没想到，他反倒安静了。

到了下一个镜头，那个人就要死了。他的至爱亲朋围着他的病床，坐成了一圈。人们轮流低低地对他说着什么。

我悄声问安妮，他们对他说什么？

安妮说，他们在给他讲故事。

我说，是关于死亡的故事吗？

安妮说，不是，是关于爱的故事。

后面的镜头，就是那个人死了。他的家人把他的骨灰撒到芦苇丛中，一边撒，一边念叨着："你从这里来，你还到这里去吧。"

专题片最后表达的主旨是，死亡的人和他的家庭都需要帮助。死亡的人去了，但生活依旧在继续。镜头上，前面出现过的那位医生，又到死者的家中去了。在沙发上，以前出现过死者和医生谈话的情景，现在，一切依旧，只是那个人不在了。画面变换出某种模糊的镜头，在沙发的那一头，死者微笑着坐在那里，瞬忽间又不在了，只剩下枯寂的沙发。但是，生活还在向前走着，可以看到，他的家人已经逐渐从悲哀中走了出来。

这不是一个轻松的节目。由于电视的直观性，死亡变得更清晰和没有距离感。我觉得观看的人心情很不平静，但大家都很努力地看着，思索着。

安妮说，毕老师，这一路，我们似乎总是离不开死亡的话题。有的时候，我真的感到承受不了，想跑到大街上、阳光下，呼吸正常的空气。

我说，是啊。我也有这种窒息的感受。死亡原本是很正常的事情，正是我们把它弄得不正常，这是普遍的过错，现在要开始纠正它啦！

从教堂出来，时间已经不早了，岳拉娜老奶奶征询我们到哪里吃午餐。有两个选择，一是回家，她给我们做午餐；二是到老年中心，吃老年人的聚餐。饭票是6.25美元。

我和安妮选择了后者。让一位87岁的老奶奶做饭给我们吃，心里的不安宁，再可口的菜肴也会变成对胃的压迫。况且，我也非常想知道老年中心的饭菜究竟怎样。

餐厅充满了粉红、嫩绿、湖蓝、奶黄等娇俏的颜色，还有许多有趣的小玩意儿，让人一点也不感到衰败和颓唐。老人们陆续到了，大家围坐在长方形的餐桌旁，盛菜的盘子在众人之间传递着。

食谱有黄油、饼干、面包、猪排、炒豆角、煮甜萝卜、炸红薯、蓝莓派等。

营养是足够，味道却实在不敢恭维。不管是什么主料作料，都是黏黏糊糊一派混沌，比起中餐的色香味俱全来说，天上地下。端盘子的是一个身材高大到你可以怀疑他是篮球中锋的青年，两只眼睛的距离较一般人要远些。盘子在他手中仿佛都是纸片。他的笑容很单纯，初看之时，充满天真，看得多了，就觉出刻板。安妮小声对我说，他是一个智障青年。

我说，那为什么让一个残疾人来服侍老年人？

安妮说，在美国，人工是很贵的。服侍老年人也不是非常复杂的工作，经过训练，智障人士也可以学会日常操作，而且他们会非常尽职尽责，热爱这份工作，这不是各得其所吗？

我对于纯粹的美国饭最好的摄入状态是达到半饥半饱。照这个标准来说，我这顿饭吃得不错。

饭后，岳拉娜老奶奶载着我们在镇子里游荡。我之所以说游荡，是因为老人家并没有一定之规，开着开着一个急刹车，原来路口正是红灯，她没有看到。吓得我们赶紧把安全带绑得紧紧的。

在小镇的博物馆里，我看到很多妇女缝制的工艺被子，很像我们的百衲衣，由很多碎布拼接起来。只不过那些碎布不是从一家一户那里讨来的，而是把现成的好布剪碎，再千针万线地缝缀起来，真是辛苦异常。

岳拉娜老奶奶问我，你猜，缝制一床这样的被子要多长时间？

看着她很希望我猜不出来的眼神，并且判定我必然犯下猜得时间偏少的错误。我决定不能让她得逞，显出我不具备常识，就拼命把时间猜长一些。

每天缝制多长时间呢？为了胜券在握，我先要把标准工作日的时间搞清楚。

八个小时吧。其实，这活儿一干起来，就会有瘾。一有空就会趴在案上缝制。不过，我们就按每天八小时算好了。岳拉娜说。

那么，需要一个月。我指着一床看起来花样最繁复的被子说。

话一出口，我就从老奶奶得意的笑容上，知道我的答案覆没了。

一个月？你想得太简单了！告诉你吧，像这样一床花被，没有三四个月的时间，是断断做不出来的。岳拉娜很权威地说。

我相信她说的是真的，可我想说，美国妇女的手艺是否笨了一点？我相信，这类型的被子，在中国妇女手里，一个月的时间绰绰有余了。

我问老人家，这里有您缝制的被子吗？

岳拉娜立刻腼腆甚至羞惭起来，说，这里哪能有我的被子？我的手艺差得多呢！（晚上我在岳拉娜家，看到了老奶奶缝制了一半的花被。还真不是她老人家谦虚，她的手艺实在是够糙的了。）

在艺术馆里，我看到了一架瑰丽异常的中国屏风。岳拉娜很夸耀地对我说，这是上个世纪这个镇上的美国传教士从中国带回来的，精美极了。据说是唐代的，很少见的。她说话的口气非常坦然，丝毫没想到我是一个中国人。我看到自己祖先的遗物在异国他乡漂泊，感到一腔酸楚。

我用手抚摸着屏风上的螺钿仕女图案，它们的温凉细腻，灼痛了我的指尖。我不能确认它们是否真是唐朝的文物，但它们的确是很古老的。幸好它们受到了很好的保护，也许从更广大的范围来看，我的哀伤可以稀薄一些。

小镇很冷清，年轻人都到城市里去了，留下的都是老人。地面上铺着黄叶堆积而成的地毯，更添一份凄清。老奶奶又领我们到了镇上的图书馆。那是一栋有了年头的楼房，书不算多，大多数也很破旧了。和想象中的数字化闪烁不同，图书馆是传统和暗淡的。老奶奶说，她经常到这里来借书看。

又参观了一家由贵族豪宅改建的博物馆，显示着上个世纪这个小镇的风貌：那时的服装，那时的餐具，那时的装饰，那时的工业……

是的，那时，这个小镇生产精美的铁玩具，在展柜里，摆着铁制的炉子、房屋、蒸汽机车、各种机器模型，制造得惟妙惟肖。还有很多古老的工具，让人想到熊熊的炉火和叮叮当当的金属声。但是，现在这一切都消失了，空无一人的厂房，丛生的荒草……人们都聚集到大城市去了，这里是一个虽未被遗忘却免不了委顿的小镇。

我在小镇的商店里买了一只铜制的小铃铛。晃晃它，会有脆得让人心疼的声音响起。说明牌上写着，一个世纪以前，美国乡村小学，就是摇起这样的小铃铛告诉孩子们：上课啦！

最后到了当年林肯和道格拉斯辩论处参观。那是一座小小的土丘，碧绿的草在秋风中有一点苍黄。一处宁静的地方，两尊铜像，林肯坐着，道格拉斯站着，看不见的机锋在空中交叉。我觉得这二位的姿势有点特别。想来若是一般的雕塑家，会把正义的林肯塑成侃侃而谈的站立姿势，也许再加上强有力地挥舞着的手臂什么的，把道格拉斯塑成仰视的模样。但是这处雕像别出心裁。林肯坐着，举重若轻。道格拉斯虽然站着，在感觉上却要比坐着的林肯要矮。谁更有力量，就不言而喻了。

我在林肯的传记中看到这样的记载：在伊利诺伊州，道格拉斯先生对来自本州各地的农民发表了长篇演说，宣讲他于1854年提出的新法案。这个法案对奴隶主势力明显是有利的。林肯对这篇演说给予回击，评价了道格拉斯的所有观点。林肯以异常的激情和活力对这一法案进行了攻击，逐一揭露其欺骗性和虚伪性，法案被批驳得原形毕露，体无完肤。从林肯口中说出的真理在燃烧，他激动地颤抖着，道格拉斯对自己失去了信心，意识到了自己的失败，局促不安……整个会场死一般的寂静……

今天，这里也是非常寂静。一个多世纪以前的唇枪舌剑，已经被萋萋青草吸附，只留下旅人的凭吊。

也许是因为白天跑得多了，这一夜，又是无梦到天明。和岳拉娜老奶奶告辞的时间到了，我拿出一条中国杭州产的丝绸围巾送她，她很高兴。

分别了，我看着她佝偻的身影，突然非常感伤。我知道，今生今世，我再也看不到这位老人了，她已经87岁了，就算我几年后有机会再到美国来，就算我会再次寻找到这个美国中部的小镇，岳拉娜老奶奶还能继续到花园里为我们采摘新鲜的红草莓，还会有一只红黑相间的美丽瓢虫醉倒在冰激凌里吗？

在老奶奶87岁的生涯里，可能多次接待过外国的访问者，也许她会很快忘记我的。从我们的汽车尚未离开她的住宅，她就返回房间这一点来看，我想一定会是这样的。但我会长久地记住她，记住她搅拌冰激凌时那红肿的手背。

斯特朗的地毯鞋

这是一家老年人活动站，在新奥尔良。新奥尔良是个美丽的地方，古老的橡树像虬蚺的幽灵。活动站在郊外，周围是贫民区。这是黑人聚居的地方，以前黑人是不能进城的。一栋简陋的楼房，早先是黑人的旅馆。石头砌成的墙，有一种沉稳的结实。进得门来，看到的都是白发苍苍的头颅，不论头发下的面孔是何种颜色，头发都是白而暗的。人的头发真是很奇怪，不管它们年轻的时候是黑的、棕的、黄的……到了尾声，一律都变垩白。我问安妮，白色的头发老了，会是怎样？安妮说，它们依旧是白色，但无光泽。

看来，亮度比颜色更能说明一个生命的状况。

很多老人在这里活动，有的打牌，有的下棋，还有三三两两地谈天健身。一些人聚在一起，听一个女孩儿讲解台风的知识。听众多是一些老女人，耳力不佳，女孩儿不得不扯着嗓子反复重复。这么大分贝的音量，要在其他场合，一定会引起他人的侧目，但在这里，大家见怪不怪。

老女人们对台风的兴趣让我感动。我不知自己到了这个年纪，还会不会对在远方出没的台风抱有如此新鲜的兴趣。我原来以为，只有上班和旅游出差的人，才会对天气的变化充满了关切，那背后是不要迟到、不要受凉、不要忘了带雨伞……的忧虑。

在这些垂垂老矣的妇人面前，我觉察到了自己对天气的功利。她们不会上班，不会出差，说一句不好听的话，其中的绝大部分人，今生今世再也没有力气走出新奥尔良的橡树树荫了。可她们依旧睁大混浊的眼睛，努力分辨台风经过的途径，痴心地关注着和自己毫不相干的天气，这也许就是人和自然相濡以沫的渊源。

有一棵树，一棵假树，工艺树，做得很逼真，赭的树干，绿的枝条，大约有一人高，摆在活动站很显眼的地方。树上挂着很多树叶，当然也都是人造的。每张树叶上写着一些字，或者是一幅小画。比如一片蜡烛形的叶子上写着：记住我有一只大鼻子的快乐的镶满皱纹的脸……然后是抖动的签名。

我问活动站的站长古薇尔女士，这是什么？

她说，这是曾经在这里活动、现在已经去世的老人从天堂写给大家的信。

我的头皮轰的一声。死人是不能写信的，这是常识。古薇尔女士已经75周岁了，胸膛饱满得如同揣着两个大波罗蜜。她步履弹性很好地走来走去，使人无法怀疑她的说法。

新奥尔良一共有20所这样的老年活动站，每年需经费500万美元。经费的来源主要是四方面。联邦政府、州政府、地方政府一共可拨款400万美元，还有100万美元的“洞”，就要靠自筹和社会捐款来解决。今天来活动的老人共有70多位，但有1000多位老人要求将免费的午餐送到家，所以，活动站的工作量很大。

我一边听着她的介绍，一边锲而不舍地惦念着那棵有着奇异叶子的树。

古薇尔女士终于讲到了这棵树。噢，是老人们共同栽下了这棵树。每一位老人都知道自己死后，在这棵树上会有一个位置悬挂自己的树叶。他们会在生前就写下这片叶子，然后保存在自己的亲人那里。如果他们没有亲人了，就保存在活动站里。当他们去世之后，他的家人就会把他的叶子送来，挂在这里，永远的。大家常常来看望这些叶子，念着上面的话，有很温暖的蒸气，从这些叶子上蒸发出来，进入我们的眼睛……

古薇尔女士这样说着，我就看到她的眼睛湿润起来。哦，我错了。古薇尔女士久经生死，在说这些话的时候，神采飞扬，很为自己发明了这棵沟通生死的树而骄傲。不是水汽进入了她的眼睛，是水汽进入了我的眼睛。

与楼下的喧闹相比，楼上是静谧和安详的。有几位老人在绣花和织毛线，古老的女红的气息从风烛残年的鼻孔呼出，让人走路和说话都变得叹息般轻轻的。

旁边有一个小小的橱柜，陈列着老人们的工艺品。一套极其美丽的婴儿装，雪白的翻卷的绒毛，精美的图案让人爱不释手。我很想买下，但偷偷觑见标价，要50美元，囊中羞涩，不敢问津。但我决定斟酌力量，一定买下一件老人们的产品，不单是留作纪念，也为了尽一点绵力，包括让制造者有一份成就感。因为古薇尔女士说，老人们的产品收入绝大部分都捐给活动站，自己只取很少一点。

一双用黄色和蓝色毛线织成的地毯鞋，大而柔软，蓬松得如同两只小哈巴狗。虽然我家并没有地毯，我还是把它们买下来了。然后我对古薇尔女士说，我能和“鞋匠”照一张相吗？

古薇尔就拉着我向一位老人走去。

她身材瘦小，坐在轮椅中。在身体和轮椅的空隙中，夹着两团大大的毛线球。她的手指干枯如藤，但依然很有力地操纵着两根毛衣针，上下翻动。在她的身边，摆着刚完成的一只地毯鞋，红黄相间，鲜艳如枫。

她叫斯特朗，今年86岁了。她患糖尿病很多年了，两条腿都截过肢，眼睛已近乎失明……古薇尔介绍说。

我这才注意到斯特朗老奶奶轮椅下的“腿”。白色的套鞋中，是冰冷的金属。风在她的腿间，毫无障碍地吹过。

斯特朗老奶奶笑着说，很高兴从中国来的客人喜欢她的地毯鞋。她说，那套美丽的婴儿装也是她织的，只是现今年龄大了，有些力不从心，就专门织地毯鞋了。

我抚摸着一位没有脚的老人织出的精美的地毯鞋，心中充满痛彻的谢意。她把自己对脚的期待，织进鞋里了。

莎草纸

到埃及旅行的时候，我带了一个电话号码——3488676。别人以为是一个好友或是某个机构的联系电话，其实否，它是一个售卖莎草纸的商店。到了开罗之后，我对导游说，我要找到这个商店，据说它是在一条船上，叫作莱凯布博士莎草纸研究所，位于吉萨谢拉顿饭店南面。

导游是一位永远戴着头巾的阿拉伯女性，由于热带阳光的直射，皮肤黝黑，看不出年龄，名叫丽达。丽达的墨绿色头巾包得很严实，用一种带着彩色珠子的大头针把头巾的边边角角都别在鬓间，锱铢必较地把每一根头发都深藏起来。没有一丝头发露出的女性让人感觉到寒冷和严厉。我总怕那些大头针会伤了她的脸，但她自己毫无畏惧的样子。丽达毕业于埃及大学中文专业，没到过中国，中文说得不大好，但我们略为思索一下，听懂是没有问题的。比如她介绍神庙壁画上一位女神用“胸前的奶粉”喂养另外的神，我们就愣了，不知“胸前的奶粉”是个什么东西。再瞅瞅壁画，原来女神是用乳房哺育小猫头鹰，恍然大悟。她说，莎草纸啊，哪里都有，我会带你们去买的。

可能是因为常常写字的缘故，我对纸有一份特别的尊敬，约略相当于老农喜欢好骡子、好马、好镰刀。

莎草纸在英语中写作“papyrus”，它是希腊语“papuros”的拉丁文转写，也是英文中“纸（paper）”一词的词源。出发之前，看了很多有关莎草纸的资料，但还是没法想象莎草纸的模样。也许是对蔡伦造的纸印象太深，无论怎样琢磨，纸依然只能是我们平常所见的A4纸的架势，至多把它想成早年间用的草纸模样，也许因为都属“草”系，私下里又觉不敬。在古埃及，莎草纸是很神圣的，将莎草纸尊称为“pa-per-aa”，意思是“法老的财产”，表示只有万能的法老才拥有对莎草纸的专有生产权。带有皇室“胎记”的纸张，应该骨骼清奇、法相庄严才对。

在丽达的带领下，我们走进一个院子。水塘里生长着一些碧绿的草梗，初看起来有些像芦苇，但是比芦苇要粗壮和挺直。丽达说，这就是纸莎草，阿拉伯音译为“伯尔地”。听说在尼罗河谷野生的纸莎草，茎秆可高达三米，长得比甘蔗还要粗，简直像丛林。我们看到的家养纸莎草远没有那么彪悍，高约一米，直径和大拇指相仿。无论粗细，纸莎草的茎秆都是三角形的，属多年生绿色长秆草本植物，切茎繁殖。茎中心有白色疏松的髓，茎端有细长的针叶，如披头散发的小号松树。

现在，允许我把两个名词说清楚一点。纸莎草是一种草，就是能做成莎草纸的草。莎草纸是一种纸，是用纸莎草做成的纸。有一点像绕口令，是不是？

第一眼看到成品莎草纸的时候，有些许失望，没有想象中的珠光宝气，不像完整的纸，像一种编织物，平凡而暗淡。

要具体形容它的长相，容我把话荡开一点。丽达曾经说过，埃及到处都是卖莎草纸的，不要随便买，不然你们会上当。

我们就好奇，说，一张白纸，还有什么猫腻呢？

丽达听不懂“猫腻”是什么，就说，这和猫没有关系，和香蕉有关系。

我们就更不明白了，说，纸和香蕉有什么关系？

丽达说，也不是和香蕉有关系，是和香蕉皮有关系。假冒的莎草纸，是用香蕉皮的内层做成的。

在丽达的解释下，我们终于明白了。香蕉皮被剥下来之后，内皮有一种丝缕样的网状结构，好像一些年代久远的旧白绸糊在香蕉外皮之内。把这些香蕉的内皮叠加在一起晾干，就大致完成了假冒莎草纸的造型。真的莎草纸在外形上和香蕉皮莎草纸非常近似。

现在，你能否想象出莎草纸的样子呢？

在这家店铺中，除了种植有纸莎草的样本外，还展示莎草纸的制造过程。先将纸莎草茎的硬质绿色外皮削去，把浅色的内茎切成40厘米左右的长段，再把里面的芯剖为竖条，然后一片片切成薄片。切下的薄片要在水中浸泡至少6天，以除去所含的糖分和胶质。之后将这些竖条并排摆成一层，然后在上面覆盖上另一层。记住啊，两层薄片要互相垂直，类似经纬相交的编织工艺。再然后，将这些薄片平摊在两层亚麻布中间，趁湿用木槌捶打，直到将两层薄片打成一片，并挤去一切能够挤去的水分。现在，纸莎草的膜片已经相当干燥了，但是还远远不够，要用石头等重物压（以前是手工，如今多半改为机器压制）。压后再晾干，等到彻底干燥后，用浮石磨光，此时就得到莎草纸的成品。为了使墨水不至于洇开，还要在书写的那一面施胶，让莎草纸更臻完美。

莎草纸和蔡伦造纸之间最大的不同，是蔡伦纸要经过多种介质的发酵和搅拌，然后还要把纸浆晒干，蔡伦纸其实是一种混合的物质。我记得授课时老师讲到蔡伦造纸要用旧渔网，以增加纸的韧性。我曾举手提问，说是如果旧渔网用完了怎么办？蔡伦是停产还是改用新渔网？老师斥责道，真是没脑子！蔡伦不会用新渔网的，那太浪费了。再说，新渔网没有旧渔网好用，捣不烂的。那时候到处都是江河，旧渔网多得很，根本就用不完。一席话如醍醐灌顶，至今想起来，还觉得老师硬是英明，那时候到处都是江河啊！

莎草纸是单纯和唯一的，它只用一种原料，也不搅拌和发酵，只是把水分沥干。利用植物纤维进行编织，没有制作纸浆的步骤，因此不是造纸。从这个意义上讲，莎草纸更天然和纯粹，虽然不是很洁白，但泛着柔和的象牙黄的光泽，有着永不重复的纵横交错的纹路，柔韧而抗压。纸莎草在古埃及是象征永恒的神草，用来造纸已经有了五千多年的历史。它不怕折卷，不怕水浸，如同一种不死的精灵，在几千年后，色彩依然鲜艳如初。

古埃及人对纸莎草十分崇拜，把它当作王国的标志。在壁画中，你常常会看到国王手持纸莎草茎状的权杖。莎草纸后来成为地中海地区一种通用的书写材料，希腊人、罗马人以及阿拉伯人都曾经用它不倦地书写过。和子孙昌盛的蔡伦纸相比，莎草纸命途多舛。它被使用到8世纪左右，就渐渐消亡了。从阿拉伯传入的廉价纸张代替了烦琐的莎草纸，在此之前，羊皮纸和牛皮纸已经在很多领域取代了莎草纸。它们来源广泛，在潮湿的环境下更耐用。

在欧洲，幸好教会对莎草纸独有青睐，直到11世纪左右依然在正式文件中使用莎草纸。现在留存下来具有确切年代的莎草纸实物文件是一份1057年的教皇敕令和一卷书写于1087年的阿拉伯文献。

莎草纸消亡以后，制作莎草纸的技术也因缺乏记载而失传。后来，跟随拿破仑远征埃及的法国学者虽然收集到古埃及莎草纸的实物，也没能复原其制造方法。直到1962年，埃及工程师哈桑·拉贾（Hassan Ragab）利用1872年从法国引种回埃及的纸莎草，重新发明了制作莎草纸的技术。

我们看到的就是这种死而复生的莎草纸制作方法。除了制造工艺之外，这家店铺的墙上、玻璃框内陈列着各色各样的纸莎草纸画，尺幅从一本书大小到一丈见方应有尽有。题材大多取自流传几千年的神庙壁画，也有埃及的风土人情和阿拉伯文字，所绘人物有一种特殊的生动。如果脸面是侧向的，身体就是正向的。或者相反，脸面是正向的，身体却是侧向的。不知为什么，古埃及人的身体和头颅好像总是不屑于完全统一。画以线描为主，勾画准确，线条中间填满了饱胀的颜色，多以金、蓝、红为主，颜料是由动植物和矿物为原料特制而成，色彩夸张而浓烈。可惜我们对古埃及的历史不是很了解，搞不清画中人物的起承转合，只有目瞪口呆的份儿。在二楼售货处，摆着用纸莎草编织的篮、罐、鞋、帽、绳等各种工艺品，售货员们穿着传统的阿拉伯袍子，和满墙满地的画张交映在一起，更让人眼花缭乱。看看标价，很不便宜，就和丽达讨主意。丽达说，买这里的，别的地方常常是假的，没办法识别。你们要选好的，这里的最好。

但我们还是不愿轻易掏钱包。看起来工艺并不是特别复杂，一张画就要几百块钱，是不是太贵了呢？丽达说，你看墙上。

我们就看墙上。丽达说，墙上有你们领导人的照片。我们果然看到了出访埃及的领导人在这里参观时的微笑照片，于是便放下心来。

买了几张画之后，我看到一张绚烂的莎草纸，四周的图案是雄赳赳气昂昂的太阳鸟，中心写满了字。我问丽达，这是什么东西？

丽达永远是言简意赅的，说："文书。"

我说："什么文书呢？"

丽达说："契约。"

这基本上和没回答差不多。我也能看出它好像是一份证书，但证明的是什么呢？是尼罗河上的某一块土地的归属，还是金字塔下某一群骆驼的主人？

我穷追不舍地问，丽达终于说："结婚证。"

我说："谁的结婚证呢？"

丽达说："谁的结婚证都可以的。"

看来，丽达是没有法子说得更清楚了，我站在地当央，独自猜想这张纸到底是怎么回事。售卖此物的盛装小姐看我迷惘的样子，拿出一支蘸满了金粉的笔比画着。这可不是一支普通的笔，是纸莎草茎削成的三角形短棒，笔端蘸着金粉，熠熠闪光，好像一支魔棍。小姐手舞足蹈，不停地用魔棒在契约上笔走龙蛇。我问丽达："她要干什么？"

丽达说："她在问你的名字。"

我奇怪，说："我的名字和她有何相干？"

丽达说："你和谁结婚了，她就用古埃及文字把你们的名字写上去，万古长青。"

原来是这样。我想告诉丽达，这里用"白头偕老"可能比"万古长青"更相宜，想了想，没说。这是一种用法老的文字复制的结婚证书，款式完全是复古的，和从木乃伊身边挖出来的结婚证书一模一样。只要告诉这位小姐你需要填写的名字，现场办公，她很快就可以把夫妻的名字写好，交到你手中。

当然，收费也不菲。

写到这里，我介绍一下古埃及的象形文字。

在埃及漫步，你总是会不期然遭遇这些古老而神秘的符号。它们镌刻在石碑上，描画在神像旁，在金字塔，在法老墓，到处都有它们魔幻般的身影。它们不像是字，像是一些绘画和咒语，讲述着绚烂而复杂的历史。

资料上说，古埃及的象形文字，真的就是一种绘画形式的文字体系。前身基本上就是图域，是一种靠想象描写的象征符号，被古埃及人用来记载事件。它用一定的图形表示一定的事物或概念。画三条波浪的横线表示“水”，画两座夹峙的河谷边的山峰表示“山”，画个中间加点的圆圈表示“日”。后来有了表意字，如画许多小蝌蚪象征成千上万的“多”字，牛在水边奔跑表示饥渴的“渴”字，这多少有点抽象的含义。要是写成一个句子，表达一个比较完整的意思，就把这些单个的图画符号组合在一起，构成一个复杂的表意图形。初时常用的象形字有五六百个。用这样的图画符号记录发生的事，显然不太方便。写一个字就需要画很多画，遇到复杂抽象的概念或事物，有点少慢差费。后来，古埃及人把象形字发展成为表音字，放弃原来的字义而赋予其一定的声音，甚至连声音也不全部采取，只采取第一个音节。例如：埃及人把猫头鹰叫作“姆”，它的图形既表示猫头鹰，又表示“姆”这个声音。这样的表音符号有24个，都是辅音，没有元音。

这种象形文字（又称圣书体，或碑铭体、正规体）的文字体系，同苏美尔文、古印度文以及中国的甲骨文一样，都是独立地由原始社会最简单的图画和花纹衍生出来的，它们仿佛是寓言，甚至是魔术。这种神秘的字体由于形体复杂，书写速度太慢，所以那些经常要使用文字的僧侣逐渐将其简化，并采用速写与圆笔的形式创造了一种草书体，这就是人们所说的僧侣体了。僧侣体文字先是用来抄写文学作品和商业文书等，大约到了第二十一王朝前后，僧侣体才开始用于书写宗教文献。

公元前525年，古埃及被波斯人征服。此后，埃及人被迫使用波斯文字来记载发生的事情。而记载古埃及历史的那些图画和图形，随着掌握这种技术的祭司逐渐去世，后来竟没人能识，成了天书。

历史蹒跚向前，当马其顿人、罗马人在金字塔和狮身人面像下面徘徊时，只能惊叹眼前建筑的辉煌灿烂，却对其他情况一无所知，因为完全读不懂古埃及的文字。灿烂一时的古埃及象形文字，湮灭在历史的荒凉萋草之中。

1799年，拿破仑率军远征埃及。他手下的一名军官布夏尔带领士兵在罗塞达城附近修筑防御工事时，发现了一块黑色玄武岩断碑。碑上用两种文字、三种字体刻着同一篇碑文。最上面用的是古埃及的象形文字，中间是古埃及的草书体象形文字，下面是希腊文字。这就是著名的“罗塞达碑”。

发现“罗塞达碑”的消息在当时的《埃及通讯》报上发表后，立即引起各国学者的浓厚兴趣，他们纷纷试图译解碑上的文字。碑上的希腊文很快就被读通了。碑中间的那段文字也很快就被确认是古埃及的草书体文字。但是，尽管学者们能借助碑上的希腊文领悟到象形文字和草书文字的含义，却依然没有解开古埃及的象形文字之谜。

年仅11岁的法国少年商博良决心揭开“罗塞达碑”上古埃及文字的秘密，让石碑说话，告诉人们古埃及的秘密。为了读懂埃及象形文字，他勤奋工作了21年。商博良发现，古埃及人写国王名字时都要加上方框，或者在名字下面画上粗线。“罗塞达碑”上也有用线条框起来的文字，是不是国王的名字呢？经过不断探索，商博良终于对照着希腊文，读通了埃及国王托勒密和王后克里奥帕特拉这两个象形文字。它们可以从右到左，也可以从左到右，或者从上到下拼读出来。商博良由此确信，象形文字中的图形符号，总的来说，代表的是发音的辅音符号。经过不懈的努力，到了1822年，这个在一千多年间始终令人茫然不解的埃及象形文字之谜，终于被商博良解开了。

原来，“罗塞达碑”上的碑文是公元前196年埃及孟斐斯城的僧侣们给当时的国王写的一封歌功颂德的感谢信。这位国王就是第十五王朝法老托勒密。他登上国王宝座后不久，取消了僧侣们欠缴的税款，并为神庙开辟了新的财源，对神庙采取了特殊的保护措施，给僧侣们带来了一系列好处，很快赢得了僧侣们的敬仰。僧侣们写了这封感谢信，并把其内容用三种文字刻在这块黑色玄武岩碑石上。

小小的罗塞达城，由于有了这块借以解开埃及象形文字之谜的碑石而举世闻名。不过，这块著名的碑石如今并不在埃及，而是被收藏在伦敦的大英博物馆里了。

埃及象形文字与汉语所不同的是，它们依然保持单独的图形字符。这种文字可以横写，也可以竖写，可以向右写，也可以向左写，到底是什么方向则看动物字符头部的指向来判断。至于在单词单元上则怎么匀称美观怎么写，只要不影响意思，上下左右，天地自由。

我们一下子从开罗的售卖莎草纸的商店，跑到了几千年之前的古埃及象形文字，罗列的这些资料有点枯燥，请原谅。简言之，古埃及文字是充满了想象的自由散漫的文字，它们花哨而饱含着魔法的意味。比如，和现代字母“A”相对照的古埃及象形文字，大致像一只神态自若的鸟。和现代字母“F”相对应的好像是一条蜿蜒的蛇。和“B”相对应的近乎一只向左撇着的脚。和“U”相对应的仿佛是一圈盘起来的绳。“Z”则像两把背道而驰的匕首……

当然，以上的描述，仅仅是我在对照着商店里发给我们的字母表匆匆一瞥所得出的粗浅印象，很不准确。未曾请教过专家，甚至也没有和丽达核对过，丽达此刻正忙着呢，被大家东拉西扯地砍价，根本没工夫理会这样枯燥的问题。

一位朋友可以用法文和售纸小姐交流。我说，古埃及文字能书写咱中国人的名字吗？

朋友说，这还不简单嘛，你的名字是由哪些字母组成的，她在表上一对照，依样画葫芦地把象形文字填到莎草纸上，不就大功告成了?

我有心想买，说，你帮我问问，价钱可否商量?

朋友如实翻译过去，售纸小姐很优雅地摇着头，不停地说着什么。不用朋友翻译，我也知道没戏。果然，朋友说，小姐告知我们，莎草纸本身的价钱虽然并不是很贵，但所用的颜料都是由矿物质提炼的，很珍稀。特别是书写名字的金粉，用的是真金，可以保证永不变色。人们当然希望自己的结婚证书能够长久保存，以象征爱情的永不褪色吧。所以，不能便宜。

得，缄口吧。在这样的攻势之下，你甚至觉得如果继续讨价还价，就是对姻缘的大不敬了。

我在国内的一对朋友正准备结婚，我决定为他们置办一张法老的证书，当作独特的贺礼，婚礼时拿出来也许会震惊四座。我正在一笔一画地书写他们的名字时，站在一旁的朋友悄声对我说，建议你还是不要这种古怪的结婚证。

我一惊，停了笔，说，怎么啦?

朋友说，一个已经覆灭了的王朝，一种已经消失了的文化，一份已经无人能识别的文字，这吉利吗?

哦，哦！我还真没从这个角度想过问题。我说，你的意思是……

朋友说，反正要是我结婚，就不喜欢这种东西。

我看着这位朋友年轻的脸，心想也许她说得有道理。我已经上了年纪饱经风霜，对兆头之类的东西就趋向麻木淡然。但年轻人也许比老年人更迷信呢，还是尊重他们的意愿吧。

我就放下书写名字的笔，对售纸小姐说，对不起，我不要法老的证书了。小姐惊异地扬了扬眉毛。眉毛很细很弯，轻轻抖动。

我对朋友说，可我还是非常想要莎草纸。

朋友说，你的意思是要一卷空白的纸吗？

我说，是的。我喜欢这种以几千年前的古老工艺制出来的纸，喜欢它能够经历几千年的风霜依然洁白柔软。

朋友说，这很简单，我来跟她说，就买几张空白的莎草纸吧。

我也以为这是很简单的事，不想朋友却和售纸小姐好一番交涉，小姐还请示了一个长胡子的中年男子，可能是他们的领导吧。最后好不容易才成交，价钱是彩色画的80%。我说，什么都不用画了写了，为什么打折并不多？

朋友说，我也是这样和他们论及的啊。我说，不是说颜料很贵吗？不是说金粉很贵吗？现在我们不要这些东西了，为什么价格并不便宜？他们说，从来没有人单独买过空白的莎草纸，这等于让他们售卖原料。他们如果很便宜地把莎草纸卖掉了，就没法经营了。本来他们只同意打九折，现在还是优惠了呢！

我说，谢谢你了，就这样吧。

待我付完钱之后，兴冲冲展开看着空白的莎草纸往外走时，小姐还和朋友喋喋不休地说着什么。朋友只是微笑，也不答话，和我一道挽臂走出。

我随口问道，她和你说什么呢？

朋友俏皮一笑，说，我不告诉你。

我好奇起来，说，售纸小姐虽然长得俏丽，可你也是个漂亮的中国MM（网络用语，“妹妹”的变体），也没法向你施展美人计。到底是什么意思呢，还不可告人吗?

朋友说，她说你没有购买法老的结婚证书，都是因为我向你说了什么。她希望我以后再来的时候，不要破坏他们的买卖。

我说，小姐的眼睛够毒的。

朋友说，她还看出你非常喜欢空白的莎草纸，说哪怕是9折，相信你最终也会购买。她对我说，为什么要这样拼命地为了别人讨价还价呢？如果最终以9折成交，他们会只收8.5折扣的钱，把那0.5的折扣让给我。这样他们能多赚一些，我也可以有点小收入。她还说，如果我不习惯从他们那里拿回扣，也可以在我购买他们货物的时候，把这点钱折算进去……

为之绝倒。阿拉伯人会做生意，由此让我深深佩服。

还是对法老文耿耿于怀，觉得一定要带走一件铭刻着古埃及象形文字的纪念品，才算来过埃及。

我对丽达说，哪里还有法老文的东西？除了莎草纸画以外。

丽达说，我会告诉你的。

我就死心塌地地等着。这一天终于等到了。一只小帆船带我们到尼罗河上冲浪。护送我们的水手，是两个当地的土著黑人。他们几乎不说话，只是露出雪白的牙齿微笑。帆船到达尼罗河上游的河口，丽达指着远处一座红色小楼对我们说，这就是英国惊险小说女王阿加莎·克里斯蒂住过的地方。我们说，就是那个写作《尼罗河上的惨案》的阿加莎吗？丽达说，就是她。我们说《尼罗河上的惨案》是在这里写的吗？丽达很实在地回答，这我就不知道了。但是，她住过这里，尼罗河的风光一定给了她灵感。

这话肯定对。

写到这里，让我介绍一下尼罗河。在埃及走动，你就是围着尼罗河转，甚至在飞机还没有降落的时候，你就在空中看到它庞大的水系。这是一条如此浩渺博大的河流，让你不由得敬畏和爱戴。

通常我们面对地图是“上北下南”，但面对尼罗河方位的时候，称呼就恰好颠倒了过来。尼罗河是从南方流向北方，所以当人们说到上尼罗河的时候，指的是南方。说到下尼罗河的时候，指的是北方。

尼罗河是世界第一长河，全长6670公里，流域面积334.9万平方公里，[①]起源于非洲中部的乌干达和埃塞俄比亚，往北途经尼罗河三角洲后注入地中海。

几千年来，尼罗河每年6~10月定期发洪水。尼罗河流经埃及的那一段，只占全长的六分之一。河流泛滥，一般来说是坏事，但对于埃及来说，是大大的好事。每年，当尼罗河发源地埃塞俄比亚山区进入雨季的时候，尼罗河河水就上涨。从7月中旬开始，洪水滔滔，开始淹没埃及的盆地。8月河水上涨最高时，

① 此处全长应为6671公里，流域面积为287.5万平方公里。见《辞海》（第六版彩图本）。

河岸两旁的大片田野被完全淹没，成为沼泽，人们纷纷迁往高处躲避。10月过后，洪水消退，留下了肥沃的淤泥，大自然给埃及的土地普遍施了一次肥料。在这些一把能攥出油的土壤上，人们栽培了棉花、小麦、水稻、椰枣等农作物，大获丰收，在干旱的沙漠地区上形成了一条生机勃勃的“绿色走廊”。富饶的尼罗河河谷的收成足够全国人民的吃食，剩下的财力就去修建金字塔，也成为产生古代文明的一个摇篮。想想那神妙的象形文字，就能体会到当年得天独厚的埃及人过着怎样异想天开的日子。只有富足与闲暇，才能产生出如此匪夷所思的复杂文字，直到今天还令人叹为观止。

丽达告诉我们，埃及的旅游收入占到了国民收入的70%以上。埃及人称尼罗河是他们的生命之母。而开罗是尼罗河送给埃及的礼物。

开罗位于尼罗河三角洲的顶部附近，东、南、西三面都被撒哈拉沙漠包围，气候炎热干燥。公元969年，美洲大陆还没有被发现之前，开罗已是阿拉伯帝国法蒂玛王朝的国都了。“开罗”在阿拉伯文中是“胜利”的意思。

开罗的市区分布在尼罗河两岸，尼罗河是开罗新旧城区的分界线。东岸，有着建于11~16世纪的老城，开罗的名胜古迹大都集中在这里。其中有建于12世纪的萨拉丁城堡和许多著名的清真寺，还有具有阿拉伯古代风貌的大市场，市场上陈列着铜器、纺织品、地毯、琥珀、香料等物品，空气中都弥漫着奇异香料的气味。老城区的房屋比较低矮，街巷狭窄，保持着古代风貌。尼罗河西岸，是19世纪以来迅速发展起来的新市区。新市区内高楼林立，187米的开罗塔高高地俯瞰着全城。在宽阔的新区马路上，到处奔驰着电车和汽车。而在老城的街道中，不时可以看到古老的马车和沙漠特有的骆驼在往来。

我们的小帆船停在了尼罗河的中心，这里水天一色，让你生出航海的感觉。两个黑人突然拿出很多木雕和石头的项链、耳坠等，向我们兜售。丽达说，他们很辛苦，工资也很低，如果买一些他们的货物，就是帮助他们。我买下了一串木制的项链，是由十几只木雕角马组成的，算不上精致，但自有一种野性的韵味让你感动。每只角马都是寥寥几刀，就雕出了奔跑的英姿。你不得不承认，这些无名的工匠并不是有多么出众的手艺，只是他们的眼睛无数次地遭遇过角马的奔驰，所以哪怕是最蹩脚的手艺人，也沾染了角马魂灵的神韵。

买完黑人的物件之后，丽达很严肃地对大家说，在埃及，导游向客人私下兜售旅游纪念品，是犯法的。如果被举报，就会面临很严重的处罚。但是，我不忍心看你们买到伪劣的产品，埃及人向游客售卖不良的物品，是很有本事的。

我们就笑起来，这些天的经历，证明丽达所言不虚。但是，丽达说这些，是什么意思呢？有点自曝家丑的意思，让我们无法贸然回应。丽达说，有人希望得到一些有法老文的纪念品，我认识开罗一家很好的银饰店。他们可以为客人定制手链，用皮和银来制作。在银饰上，可以用法老文把你的名字刻在上面，还有一些美妙的吉祥的图案可以选择，比如猫头鹰、太阳鸟、生命的钥匙等。

风帆落下来了，小船在尼罗河的中心好似一片树叶，随着尼罗河的水波微微荡漾起伏，让人有一种微醺的昏然。

我问丽达，什么叫生命的钥匙?

丽达说，在古老的埃及传说中，每一个生命降生之后，并不是马上就打开的，需要生命的钥匙。只有用生命的钥匙打开的生命，才会更有意义和幸福。

哦哦，古埃及人可真是聪明啊！他们把生命分成了两种，被钥匙打开的和没有打开的。想来这两种生命的质量和结局也应是不完全相同的。本想和丽达问个清楚，无奈当时丽达忙着收钱，不忍心坏了她的买卖，心想以后再问吧。

我对丽达说，那我就要一只手镯吧，用法老文写上我的名字，再要一把生命的钥匙。

丽达很仔细地记下了大家的不同要求，有的人要太阳鸟，也有要猫头鹰和鳄鱼的，反正在古埃及的神话中，世上万物皆有灵性，都有丰富的寓意和祝福。她又拿出一卷小尺，说手腕的粗细是不同的，特别是皮革制品，要稍微宽松一点。我就让她量了手腕，并特别把尺码放大了一些，以防老年越发富态的时候套不进这生命的钥匙了。

离开埃及的时候，包囊里多了一卷无字的莎草纸，一串非洲木雕角马的小项链，一只用法老文雕刻着我的名字的手镯，银饰中央是一把生命的钥匙。

戴胡子的女法老

法老是对古埃及国王的称呼，在埃及语中称作“佩罗”，现在的读音来自希伯来文的音译。它在象形文字中的意思是“高大的房屋”，后来代指“王宫”，理由很简单，王宫是最高大的房屋。新王国第十八王朝时，国王图特摩斯将“法老”的意思来了一个变化，成了“居住在高大宫殿中的人”，于是“法老”就顺理成章地成了对国王的尊称。

在埃及国立博物馆里可以看到一位法老的雕像，下巴颏儿上长着茂密的胡须，向前探出，好像一块洗袜子的小搓板，十分可笑。

还没等我笑出来，导游说，这是一位女王，她戴着假胡须。

一提到埃及的女王，我等游客做出恍然大悟的样子，知道知道，原来这是埃及艳后克里奥帕特拉。

导游正色道，克里奥帕特拉只是王后，而这是真正的法老，她叫哈特舍特谢晋[①]，拥有无上权力的古埃及女王。

女王和王后是有区别的。前者亲握权杖，而后者只是权杖的老婆。

后来，在尼罗河对岸帝王谷众多的祭庙中，看到女王哈特舍特谢晋的神庙是那样的美丽独特，据说这也是全埃及最优美典雅的建筑。在卡纳克神庙里，有哈特舍特谢晋为自己矗立的方尖碑，高29.5米，重达350吨。在上埃及阿斯旺的花岗岩采石场，还有一块重达1000吨的未完成方尖碑躺在山坡上，据说也是哈特舍特谢晋为自己建造的，因为开凿中石头出现裂缝才半途而废。

反复听到这位女法老的名字，看到和她有关的遗迹和景色，就对她生出了好奇。查了资料，才知道哈特舍特谢晋在位时间是公元前1490—前1468年[②]，拥有当时世界上最强大的军队、最强盛的经济。她不是傀儡，而是控制着埃及最高权杖的真正的法老。她在执政期间，对内不用严刑峻法就维持了安定的秩序，对外不损一兵一卒就获得了和平。

但女人是不能成为法老的，尽管哈特舍特谢晋才能出众，也无法改变这一钢铁般的传统。她也颇动了些脑筋，先是在登上王位之前命人为自己编撰传记，并雕刻在大方尖碑上，非说自己是

① 通常译作哈特谢普苏特、哈特舍普苏。

② 在位时间还有“公元前1479—前1458年”及“公元前1503—前1482年”两种说法。

太阳神的嫡亲女儿。为了让神圣感进一步加强，她还在方尖碑的顶部放置了很多金盘，用来反射太阳的光芒，以便向所有人证明她的确来路不凡。

一不做二不休，女法老让她的建筑师把她刻画成一个有胡须的平胸战士形象。每当女法老在公共场合出现，必定是着男装并戴着假胡子，其实她有着柔和的面部，外带轮廓清秀的眉毛和大眼睛，是个十足的美女。

王室的恩怨和历史的偏见遮盖着历史的天空，无论女法老的政绩怎样突出，传统的以男性为中心的社会都是不会容忍一位女性担任法老的，就算她杜撰出了自己是太阳神的女儿这样的神话也万万不行。

结局在传说中是这样被描述的：哈特舍特谢晋刚刚驾崩，一伙军人就袭击了宫殿，把和她有关的一切都毁掉了。神庙中，她的浮雕和塑像或者被砍掉了脑袋，或者被砸断了臂膀。她的墓穴被洗劫一空，神庙墙壁上她的名字被刻意凿平。在整个埃及的官方记录里，和她有关的记载都被销毁了……

哈特舍特谢晋执掌法老的权杖22年，古埃及的男人们希望她的这段历史不曾存在过。她的雕像在被焚烧之后再泼上凉水而变得残缺不全，至今还能看到烟火的痕迹。她的名字也从方尖碑上被涂掉，取而代之的是她的父亲、丈夫和继子的名字。

但历史还是记住了这个曾经当过法老的佩戴假胡须的女人。在今天的埃及，在游客们眼中，最美丽的法老神庙是哈特舍特谢晋的达尔巴赫里神庙，最高的方尖碑是卡纳克神庙中赞叹哈特舍特谢普的方尖碑。正如哈特舍特谢普自己在碑上所写："未来看到我的纪念碑并讨论我的所作所为的人，切勿说一切不曾发生过，或将它看作我的自我吹嘘，而应当称颂她当之无愧，她的父亲也深感安慰。"

埃及是非常值得一去的国度。你不去美国，不去日本，你还可以想象，而且你的想象基本上是符合实际的。但你若不去埃及，你想象不出那里的神秘。

轰先生的苹果树

第一次听说此次日本之行，要在长野县大豆岛的农民轰太市先生家住一天时，半是欣喜，半是忐忑。高兴的是可以由此深入普通的日本人民中，体验一下他们的生活，真是难得的好机会。不安的是，想象中的轰先生是一个很严厉的人，因为“轰”这个姓总使我联想起夏天的暴雨和闪电雷鸣。

一见到轰先生，我就乐了。他是一个非常和善的老人，矮而健壮的身材，好像北方的橡树。他的大脑门亮晶晶的，在明媚的秋阳下，闪着汗珠。他不像常见的日本人，嘴角总是抿得很紧，仿佛时刻都在思索，而是经常忘情地哈哈大笑，好像一个快活的大孩子。

轰先生的家是一所古老美丽幽静的和式住宅，斗拱飞檐，显出一种历史的沧桑感。院落里林木苍苍，各色常绿植物修剪得异常精致，仿佛放大了的盆景，表明了主人不同凡俗的雅趣。

轰先生一家为我们的到来，真是忙坏了。你想啊，一下子来了五个外国人，吃喝坐卧，不是一个小工程。轰先生的妻子绿女士和他的妹妹、儿媳扎着浆洗一新的围裙，为了我们不停地忙碌着。我们品尝着精美的日式菜肴，吃得非常开心。吃完饭，轰先生招呼我们沐浴。

我心中有些嘀咕：天这么凉，要是冻出感冒，再转成气管炎，异国他乡的，岂不麻烦？

没想到，轰先生一家为我们想得周到极了，先是大小浴巾，再是和式睡衣，最后干脆抱来了两大摞长短袖的棉睡袍，堆在地上，好像两座小山。我们全副武装穿在身上，面面相觑，不由得开怀大笑。打趣说，男的都像鸠山、女的都像阿信了。

我们在轰先生家度过了非常愉快的一天。老人家自己种稻田。他招待我们吃的米饭，就是亲手种出来的。我敢肯定地说，这是我平生吃过的最香的米饭了。

我们都夸老人家的米好。他笑眯眯地说，我种的柿子那才叫好呢，全日本第一。我们听了频频点头，心想这样善良勤劳的老人种出的柿子一定出类拔萃。

轰先生接着骄傲地宣布，他种的富士苹果是全日本第二。他说得是那样肯定，我不由得问：是不是进行过正规的全国评比，您的苹果得了银牌？

老人眨着眼睛笑起来说，全日本第一的苹果还没有长出来呢，因为没有第一，所以，我的苹果树就是日本第二了。

我们愣了一下，明白了老人家的诙谐与幽默，也会心地笑起来。不管怎么说，看轰先生的自豪样儿，他的苹果树百里挑一那是没得说了。

吃了午饭，我们和轰先生的文友欢聚座谈。轰先生是作短歌的高手，又是短歌同人刊物《原型》的主编，亦农亦文，深受大家爱戴。

座谈会开得非常成功，但我心里一直惦记着轰先生的苹果树。说起来惭愧，从小到大，我吃过无数的苹果，但还从没有自己亲手从树上摘过苹果。没想到东渡扶桑，到日本的果园来摘苹果，这苹果又是全日本第一，真是一件有趣而又有意义的事情。

我们沿着乡间的小路，缓缓地向轰先生的果园走去。10月的日本晴空万里，干燥凉爽的秋风，带着苹果的甜香扑打着我们的衣襟。远处山峦上最初染红的枫叶，像拍红的手掌，在招呼着我们。

这一带是苹果产地，果然名不虚传。一株株精心培育的苹果树，迎风而立，硕果累累。小路四周的地面，银光闪闪。果树下的土地上都铺着雪亮的金属箔，好像无数面巨大的镜子，用以反射阳光，普照苹果的各个部位。这样结出的苹果不但颜色像玫瑰一般艳丽，而且含糖量高。果园的上空还罩着结实的尼龙网，刚开始我们还以为是防盗，后来一问，才晓得是为了防鸟啄食苹果，这样才能保证每一个苹果都无褶无疤，玉润珠圆。

我一边走一边想，轰先生的苹果树既然是全日本第一，那他树下的银箔一定最亮，他树上的尼龙网一定最大，他的苹果一定像红宝石一般美丽。

正想着，轰先生停下脚步说，喏，到了，你们可以尽情地摘苹果了。

我定睛一看，吓了一跳。这实在是一片太平凡的苹果园。咳！甚至连平凡也算不上的。苹果树上没有遮天蔽日的尼龙网，苹果树下没有银光闪闪的金属箔，树不高大，果不繁密，在周围一大片人工精心雕琢的果园中，显得简朴而随意。树上的苹果因为没有接受到阳光各方面的照射，半边青半边红，远没有想象中那般夺目。

轰先生，这是您的苹果树吗？我半信半疑地问。

噢，我也不知道这是谁的苹果树。不过，你们摘就是了，保证没有人来管你们。别看这树上的苹果不大好看，可它的味道可好了。它里面有蜜！轰先生摇着他聪明的大脑袋，眨着眼睛说。

我们走进果园，七手八脚地开始摘苹果，站在苹果树下大吃起来。平心而论，轰先生的苹果还是相当优良的，甜脆爽口。但因为没有尼龙网和金属箔的养护，果皮上有小鸟啄过的黑斑点，味道也略略有点酸。

人真是不知足的动物。我一边大嚼着轰先生的苹果，一边紧盯着邻居家的果园，心想别人那边像红灯笼一样鲜艳的红苹果，该是更好吃吧。

我们吃饱了苹果，又摘了一兜，才迎着暮色回到轰先生的家。真应了那句中国老话：吃不了，兜着走。

丰盛的晚饭后，轰先生拿出纸笔，文人们开始舞文弄墨了。

我写诗是外行，站在一旁伸着脖子屏息欣赏。

轰先生写下他的一首短歌：

我闭着眼睛，四周一片寂静，
沿着阶梯，走向湖泊的深处，
那里，
有什么呢？

那一刻，四周真的变得十分寂静。听了轰先生的诗句，我的心灵深处有一根琴弦被触动，有一种温暖的感动壅塞喉头。

大家笑着追问老人，在湖底到底会有什么呢？

恰在这时，轰先生的妻子绿女士来为我们送茶，轰先生遂一本正经地回答，那里有美人啊！说着，亲热地拍了绿女士一下。

我们大笑，为了轰先生的风趣和他美满幸福的一家。

在轰先生家的榻榻米上安睡一夜。清晨，要告别了，大家恋恋不舍地分手。我为轰先生写下了这样一句话：“您使我想起了中国神话中的山野仙翁。”

到了东京，在车水马龙的城市人流里，在扑朔迷离的霓虹灯下，我又拿出轰先生的苹果端详。它朴素天然，携一种大自然的清新空气。这其中又注入了轰先生对中国人民的深情厚谊，越发显得沉甸甸了。

我坚信，它是日本第一的苹果。

冻顶百合

世界上有没有冻顶百合这种花呢？在我写这篇文章之前是没有的，虽然它很容易引起一种关于晶莹香花的联想，但其实是一个拼凑起来的蹩脚词语。

那一年到台湾访问，因为没有直航，在香港转机一路颠沛。清晨出发，抵达台湾土地时，已是深夜。待办完了手续真正踩到街面，已为第二天黎明前最黑暗的时刻。

那是我第一次见到活生生的青天白日旗，低垂在挂着“市党部”招牌的房檐下。一时很有些恍惚，感觉自己闯入了讲述过去年代某个地下工作者宁死不屈的电影场景里。

这种不真实感，被时间一丝丝消弭在同宗、同族、同文化的血缘归属中。台湾作家为我们安排了丰富多彩的观光旅游项目，其中当然少不了阿里山、日月潭这些经典的风光所在。

记得那天去台湾岛内第一高峰的玉山。随着公路盘旋，山势渐渐增高。随行的一位当地女作家不断向我介绍沿路风景，时不时插入“玉山可真美啊”的感叹。

玉山诚然美，我却无法附和。对于山，实在是“曾经沧海难为水”啊！十几岁时，当我还未曾见过中国五岳当中的任何一岳，爬过的山峰只限于北京近郊500多米高的香山时，就在猝不及防中，被甩到了世界最宏大山系的祖籍——青藏高原，一住十几年，直到红颜老去。

青藏高原是万山之父啊！它在给予我无数磨炼的同时，也附赠一个怪毛病——对山的麻木。从此，不单五岳无法令我惊奇，就连漓江的秀美独柱、阿尔卑斯的皑皑雪岭，对不起，一概坐怀不乱。我已经在少女时代就把惊骇和称誉献给了藏北，我就无法赞美世界上除了冈底斯山、喀喇昆仑山、喜马拉雅山以外的任何一座峰峦。朋友，请原谅我心如止水。由于没有恰如其分的回应，女作家也悄了声。山势越来越高了，蜿蜒公路旁突然出现了密集的房屋和人群。也许是为了挽救刚才的索然，我夸张地显示好奇，这些人要干什么？

这回轮到当地女作家淡然了，说，卖茶。

我来了兴趣，继续问，什么茶？

女作家更淡然了，说，冻顶乌龙。

我猜疑她的淡然可能是对我的小小惩罚，很想弥补刚才对玉山的不恭，马上兴致勃勃地说，冻顶乌龙可是台湾的名产啊！前些年，大陆很有些人以能喝到台湾正宗的冻顶乌龙为时髦呢！说着，我拿出手袋，预备下车去买冻顶乌龙。

女作家看着我，叹了一口气说，就是爱喝冻顶乌龙的人，才给玉山带来了莫大的危险。她面色忧郁，目光暗淡，和刚才夸赞玉山风景时判若两人。

为什么呀？我大惑不解。

她拉住我的手说，拜托了，你不要去买冻顶乌龙。你喜欢台湾茶，下了山，我会送你别的品种。

冻顶乌龙为何这般神秘？我疑窦丛生。

女作家说，台湾的纬度低，通常不下雪也不结霜。玉山峰顶，由于海拔高，有时会落雪挂霜，台湾话就称其“冻顶”。乌龙本是寻常半发酵茶的一种，整个台湾都有出产，但标上了“冻顶”，就说明这茶来自高山。云雾缭绕，人迹罕至，泉水清洌，日照时短，茶品自然上乘。

冻顶乌龙可卖高价，很多农民就毁了森林改种茶苗。天然的植被遭到破坏，水土流失。茶苗需要灭虫和施肥，高山之巅的清清水源也受到了污染。人们知道这些改变对于玉山是灾难性的，但在利益和金钱的驱动下，冻顶茶园的栽培面积还是越来越大。我没有别的法子爱护玉山，只有从此拒喝冻顶乌龙。

女作家忧心忡忡的一席话，不但让我当时没有买一两茶，而且时到今日，我再也没有喝过一口冻顶乌龙。在茶楼，如果哪位朋友要喝这茶，我就把台湾女作家的话学给他听，他也就改换门庭了。

又一年，我到西北出差，主人设宴招待。我得知身边坐着的先生是植物学博士，赶紧讨教。说我乡下的院子里有一棵苹果树，很多年了，却从不结苹果。

苹果树的树龄多大呢？他很认真地询问。

不知道。它是被我捡回家的，因为修公路，它就被人从果园连根刨起，几乎所有的枝丫都被人锯走当了柴火。我发现它的时候，它的根系干燥得只剩下拳头大的一小窝，完全是根烧火棒的模样。我把它栽到院子里浇上水，没想到几个月后，它长出了绿色旗帜一般的新叶……我说。

植物的生命力比我们所有的想象都要顽强，只要你尊重它。植物学博士说。

可是，它为什么不结苹果呢？它会记人类的仇吗？它是否需要漫长的休养生息？我问。

植物是不会记仇的，它们比人类要宽宏大量得多。按照你说的时间计算，它该恢复过来了，可以挂果了。最大的失误可能是没有授粉，你的苹果树太孤独了……植物学博士谆谆教诲。

我说，明年春天，我是向老乡讨来另一树上的花枝，向我家的苹果树示爱，还是再栽一株新的苹果树呢？侍者端上了一道新菜，报出菜名“蜜盏金菊”。

纷披的金黄色菊花瓣婀娜多姿，奶油、蜂糖和矢车菊的混合芬芳，撩动着我们的眼睫毛和鼻翼，共同化作口中的津液。

吃吧吃吧，这道菜是要趁热吃的，凉了就拔不出丝了。主人力劝，大家纷纷举筷，遂赞不绝口。活灵活现的菊花花瓣像千手观音，厨师好手艺啊！

植物学博士面色冷峻，一口未尝。多年当医生的经验让我爱多管闲事，一看到谁有异常之举就怀疑病痛在身。菜很甜，我悄声问，您不爱吃糖？

没想到，他大声回答，我不吃这道菜，并不是有糖尿病，我很健康。

我一时发窘，不知道他为什么义愤填膺。植物学博士继续义正词严地宣布道，菊花瓣纤弱易脆，根本经不起烈火滚油。这些酷似菊花的花瓣，是用百合的根茎雕刻而成的。

大家说，想不到你在植物学之外，对厨艺还有这般研究，一定是常常下厨吧？

博士仍是一脸的冰霜，说，对，我是常常下厨房，请厨师们不要再用百合了，但是，没有人听我的。所以，我只有不吃百合。

餐桌上的气氛陡然肃穆起来。为什么？异口同声。

博士说，百合花非常美丽，特别是一种豹纹百合，更是花中极品，象征着安宁、和谐、幸福。

我失声道，难道我们今天吃的就是插在花瓶中无比灿烂的百合吗？

博士道，豹纹百合和菜百合不是同一个品种，但属于一个大家庭，餐桌上吃的是百合的球茎。这几年，由于百合的食用和药用价值，人们对它的需求越来越大，越来越多的农民开始种百合。百合这种植物，是植物中的山羊。

大家实在没法把娇美的百合和攀爬的山羊统一起来，充满疑虑地看着博士。

博士说，山羊在山上走过，会啃光植被，连苔藓都不放过。所以，很多国家严格限制山羊的数量，因此羊绒在世界上才那样昂贵。百合也须生长在山坡疏松干燥的土壤里，要将其他植物锄净，周围没有大树遮挡……几年之后，土壤沙化，农民开辟新区种植百合。百合虽好，土地却飞沙走石。

那一天，那一桌的那盘美妙的蜜盏金菊，只被人动了几筷子，那是在植物学博士还没有讲百合就是山羊之前，嘴馋的人先下的手。

从此，我家的花瓶里再没有插过百合，不管是西伯利亚的铁百合还是云南的豹纹百合。在餐馆吃饭，我再也没有点过"西芹夏果炒百合"这道菜。在菜市场，我再也没有买过西北出的保鲜百合，那些洗得白白净净的百合头挤压在真空袋子里，好像一些婴儿高举的拳头，在呼喊着什么。

一个人的力量何其微小啊！我甚至不相信，这几年中，由于我的不吃不喝不买，台湾玉山阿里山上会少种一寸茶苗，西北的坡地上会少开一朵百合，会少沙化一抔黄土。

然而很多人的努力聚集起来，情况也许会有不同。我在巴黎最繁华的服装商店闲逛，见到地下室里很多皮衣在打折贱卖，价格便宜到你以为商家少写了几个零。我因惊讶而驻足，同行的朋友以为我图便宜想买，赶紧扯我离开，小声说，千万别买！在这里，穿动物皮毛是"野蛮人"的代名词。

努力，也许就会有不可思议的力量出现。墙倒众人推一直是个贬义词，但一堵很厚重的墙要轰然倒下，是一定要借众人之手的。

我没有向我家的苹果树摇动另外的花枝，也没有栽下另外一棵苹果树，在长久的等待之后，它无声无息地结出了几个苹果，其味巨甜。

桦树舍利

大兴安岭的白桦，在夏天，是森林的精灵。假如周围的阳光比较充裕，它们就虹似的微弯着柔软的身躯，簇拥丛生。假如在密林中，就粉笔般的直，直插苍穹。

无论何时，即使毫无风的启发，白桦叶也不断相互快乐地击打，发出嚓嚓的细语，好像在多嘴地传播一个爱情的秘密。高大的红松、樟子松，如同宽厚的大哥二哥，并肩矗立，为小妹遮风挡雨。平日风姿绰约的美人松，也谦逊地收起少妇的俏皮，温柔地衬托小姑娘的风采。白桦铝合金般的树干，闪着如鳞的光芒，把脚下的腐叶和一方黑土，都映得银箔般明亮起来。枝和叶，如同勇士决斗时抛向空中的绿色丝绒手套，在风中骄傲又略带战栗地抖动着。

白桦美得令全世界的少女嫉妒。

但林业工人说，白桦只中看，不中用，材质不好，除了绿化山水和制造氧气之外，就是做“柈子”。

柈子——森林中一个散发恐怖气息的名词，所有的树，从幼苗到古木，都为之丧胆，如同犹太人提到纳粹、黑人听到黑手党。那是把整段的树木如凉拌黄瓜般，切成短短的节，再用利斧一劈四半，整整齐齐地码在道旁，等待严寒降临时，化成琥珀色的火焰，供人取暖。

于是，优雅地拥有上好身材的白桦，成了柈子的代名词。它的树皮更是优等的“引火纸”，经常在活着的时候就被人成片地剥走，裸出苍青的肢体，滴着汁液，在林子里触目惊心地袒露着黑乎乎的伤痕。

据说被剥了皮的白桦，过不了几年，就憔悴枯萎至死。但人们似乎并不特别惋惜：左不过是做柈子的料，不过早些晚些罢了。所以，很多林区至今没有惩处剥桦树皮者的规矩。

于是，桦树只在诗人和风景中孤寂凄凉地美丽着，柈子成了它不归路的火葬场。

我在林区穿行，叹息着。不知白桦将怎样逃脱千百年来被焚烧的命运。

内蒙古大兴安岭绰尔林业局的绰尔木珠工艺品总厂，给了白桦以新的生命辉煌。

白桦枝条被充分利用起来，哪怕只有手指粗细。它们在灵巧的女工手里，被车削成一粒粒圆润的桦木珠，大如山楂，小若樱桃，中央有孔，如同被挖去籽的山里红。然后经过十三道工序的细致处理，打磨、漂白、染色、上光……成为一颗颗色彩斑斓、玲珑剔透的彩珠。一箩箩地盛了，在厂区的院落里晾晒着，黄如龙眼，赤若火丹，翠似竹沥，黑宛鸦羽……仿佛收获了天上种植的粟粒。

披了新漆衣的木珠，如同画家的笔、绣女的线，是巧夺天工的武器。各色的桦木珠，一律以盘子盛了，摆在工作台上，好似五色菜肴。编织女工对着图纸，以透明的尼龙线精心地穿起彩珠，一枚枚、一行行、一片片……初起时看不出什么，只是一些散落的片段。但是随着时间的推移，你渐渐地对她们的手肃然起敬了。因为，栩栩如生的墨马在她们的手下，奔跑了；憨态可掬的熊猫在她们的手下，吃竹了；异国的女神在她们的手下，燃起火炬了；古老的脸谱在她们的手下，面如重枣谈笑风生了……

碎的桦木屑和桦木锯末还可以加工成板材，真是物华天宝、物尽其用了。桦树——这只大森林中的白凤凰，从火焰的旁边轻轻掠过，涅槃了。

我拣了一段莹白如雪的桦枝，央一位女工特地车削了几粒本色的桦珠，握在掌心。它如骨似玉，犹如白桦的舍利。带回家送给朋友，让他们从中感到大兴安岭森林的呼吸和土地的脉搏。

亚心守望者

亚心——亚洲地理中心之意，位于东经87度20分、北纬43度41分[①]。具体地址在新疆乌鲁木齐县永丰乡包家槽子村旁，一片悠远荒芜的戈壁之上。

亚心尚未旅游开放，从乌鲁木齐市出发，正赶上修路，车颠簸不已。卷起的尘埃从钢铁缝隙潜入，如同一件驼黄色狐皮大氅，把人从头到脚裹个严实，每一根发丝都因此茁壮。

向导说，经卫星精确测量的真正亚心，位于包家槽子村的打麦场上，周围有些错落的农舍，相当一湾小小的绿洲。考虑此地将来必是旅游胜地，要有相应的建筑设施，占据田禾、搬迁居民

① 应为东经87度19分52秒，北纬43度40分37秒。

有诸多不便，某领导决定将亚心向一旁迁移约200米，使它坐落于荒原。

在尘埃中听完介绍，对亚心的权威性生出大打折扣之意。好像你预备攀登的是珠穆朗玛峰，却被诱导向冈底斯山爬去。景色虽也值得一看，到底不是初衷。向导觉出我们的沮丧，解释说，卫星上的一秒，相当于地面上的一公里。对于辽阔的亚洲大陆来说，区区几百米偏移，实在算不得什么。

到了亚心。因正在施工，几乎看不到任何成形的建筑。高高的脚手架矗立着，好像旷野上一个骨骼魁伟的流浪者，孤独地仰天沉思。据说，这里将高耸起一座永久性标志，证明与众不同。

在亚心的原址和现地，我分头眺望许久，终于承认即使不从经济上考虑，迁移决策也十分英明。打麦场四周可望及田园风光，比如金黄的麦垛和砖瓦红房……太多的温馨人文气息，像醋一样，会泡酥人们对于亚洲地理中心博大苍凉的期冀。

大漠上的亚心，简约到近乎虚无。三面是迷茫寥远的地平线，骄阳蒸腾下的青紫色蜃气，在大地穹隆的边际，波光粼粼颤动，好像在遥远的乾坤结合部，悬挂着巨幅呈半包围状的蓝绸，将宇宙和漠地连缀在一起。地面的沙砾毫不留情地反射着中亚的阳光，抖着尖锐刺目的断剑般的光线，好像遍地都是金粒和石英的结晶，诱人弯腰捡拾。

在亚洲中心，你感觉到的并不是地理概念。恰恰相反，你完全忘记了亚洲的存在——它庞大的面积、爆炸的人口和漫长的历史，都随沙漠的无垠悄然遁去。胸中壅塞的只是天地苍茫、物我两忘的阔大惆怅，涌动着我们前世为沙、后世为风的神秘幻觉。

看完风光，向导说，想不想会会亚心的雕塑家？

我们嘴上说，想啊想啊。心下思忖，在这寂寞僻远的地方，会有怎样的雕塑家呢？

他是一位苍老的农户，包家槽子的原住民，放过牛羊，做过木工和石匠。当他听说双脚踩踏过无数遍的土地竟是亚洲之心时，便想用自己的手艺为它做点什么。

多少年游牧天山，终日与石头为伴。那些无数世纪默默不语的顽石，在他眼里，充满鲜活灵性。雕刻时，不忍刀剁斧劈，而是反复端详，看石头像个什么，便雕个什么，绝不愿违了石头的天性。他的风格是大写意，只求神似，不苛细部的真实。喜欢像原始人那样，用两块石头互相敲击，当这一块打磨成形的时候，那一块并不随之破损，也伴生为一件艺术品。牧归的时候，他总是听到山路旁两块体积庞大的暗红色沙石在央告，想去看看山外的世界。于是他把它们拉回家，开始雕刻石狮。他希望石狮驮着他的情意，从此守望在亚心。

雕塑尚未完成，我们来到老人的作坊，那只是临街的一处树荫。粉尘飞扬，空气中有燧人氏钻木取火的味道。老人的眼眯缝着，整个面部像城里时髦女子的矿物面膜，敷满杂色石粉，被汗水凝成模具，皱纹裂得格外深重。相握时，他手板冷结，盛夏之日完全没有温度湿度，如磐石般硬。

老人雕的公狮已整装待发，母狮也在石料中呼之欲出了。狮子的造型很朴拙，既不像南狮那般甜腻宝气，也不像北狮那般冷漠威严。它们散淡天真，而又大智若愚。

我们问，为什么您要雕狮子呢？不是龙或麒麟什么的？

老人不识字，回答缓慢精绝。他说，一、这两块石头天生狮子形状，你不能把它们雕成别个样子；二、亚心位于新疆，在西藏、内蒙古之间。公狮子代表内蒙古，因为蒙古族性烈；母狮子表示西藏，藏族性柔。

老人的雕刻，都是义务劳动。除了新疆金新宾馆赞助的从山里拉石头的钱，他分文不取，全家上阵。

告别老人，告别亚心，归途中，我们这些城市的游子陷入深深的沉默，彼此相对无言。每当人们沐浴自然、感悟挚情之后，都会有这种电火击穿般的震撼和久久的眷恋长留心间。

陇西行

陇是甘肃的简称。夏天，我从兰州出发，沿古丝路西行约1500公里，抵达敦煌。电视里曾疯狂地普及过丝路和敦煌的知识，我窝在城市里，以为自己已无所不知。真到陇西一走，才发现再大的电视屏幕也代替不了我们的眼睛，更不消说每个人的心灵都是特定的频道。别太相信那块20英寸的玻璃板，它在扩大我们视野的同时，也扼杀我们的想象。

那么多人写过丝路，写过敦煌，好像一个插满针的针插，已无从下手。西行的时候，我已决定什么都不写，让心灵毫无负载地飘向蓝得令人眼晕的天空。回来后，忙忙碌碌地做别的事，我以为已彻底遗忘了敦煌。突然有一天，我发现自己常常同别人讲敦煌，讲那些属于我自己的记忆和感觉。朋友们会津津有味地听，好像他们从未看过那些介绍丝路的风光片和旅游指南。我检查记忆之壁，看到当时思维留下的痕迹，有的已被抚平，有的仍像甲骨文痕，虽然浅淡，却难以消失。

我写的绝不是一篇系统的丝路游记，只是时间之筛无意中留给我的大点的石头子儿。

白兰瓜

听说我要西行，所有的朋友第一个反应都是："你可以吃到白兰瓜了！"

北京的街头也常见到白兰瓜，并不白，像个磕碰过的篮球，也不甜，带有青草的气息。不过，这并不影响我对白兰瓜的仰慕希冀之情。城市是个坏地方，能让所有带有乡土气息的东西走味。

兰州果真是白兰瓜的大本营，十步之内，必有瓜阵，白的如同一张张女儿面，黄的像金牌一样灿烂。据说，黄色的白兰瓜叫"黄河蜜"，是改良品种。我们馋馋地想：黄出于白而胜于白，想必更甜。

西北人出手大方，刚住下就给每人发三个白兰瓜。堆在一处，俨然一座瓜山。

"先杀哪一个？"大家摩拳擦掌。

"一样宰一个吧！"

刀锋倾斜着刺入，浓郁的香气沿着刀柄湍湍流出，光凭味道就知道同北京的赝品不同。每人抢一块，吞进嘴里，像喝粥似的往下咽。

向导笑眯眯地看看大家的贪婪，很为家乡的特产自豪。西北方言形容这种吃的局面，叫作：“吃了一个不言传！”

终于有人言传了：“闹了半天，白兰瓜也不过如此嘛！”

“比黄瓜也强不到哪儿去！真是空有其名！”更多的人附和。

向导的脸色难看了，忙解释：“今年雨水多……”

平心而论，白兰瓜真是盛名之下，其实难副，闻着还可以，尝尝却不甜。

白兰瓜原籍美国。1944年，美国土壤学家和水土保持专家罗德民趁美国副总统访问兰州的机会，托他把“蜜露”甜瓜种带到中国。“蜜露”移居中国后，改名“白兰”，现在已成为甘肃特产。

一路西行，哪里都要款待白兰瓜。刚开始还总想给白兰瓜恢复名誉的机会，心想兰州的瓜不甜，别处的可能甜，然而总是失望，哪儿的白兰瓜都不甜。以后，就连尝的兴趣也没有了，除非渴极了，拿它顶水喝。

辜负了我的信任与渴望的白兰瓜啊！

“到嘉峪关就有好瓜吃了，那儿正在举办瓜节。”向导为大家打气，他总想给家乡的瓜正名。

只知道嘉峪关是长城的一端，不知道它还是瓜的盛市。西北各省市的瓜，像陨石雨似的降落在小城，满载的瓜车还在源源不断地涌入。前面一个急转弯，几个硕大的甜瓜被车甩了下来，摔碎的瓜把香气像手榴弹似的烟雾塞满街道。真担心这么多瓜，吃不完可怎么办！

瓜节隆重开幕了。白兰瓜形状的氢气球飘浮在碧蓝的天空，远处是银箔似的祁连雪峰。孩子们头上戴着白兰瓜形的帽子，街上的社火队打扮成瓜的模样……真是一个瓜的世界。

张老作为瓜节贵宾，被邀上主席台。美丽的迎宾小姐敬上一个扎着红缎带的白兰瓜。好像瓜也有精灵，像东北的人参娃娃似的，不系住就会跑掉。散会后，我紧忙跳进张老的房间，想先尝为快。别处的瓜不甜，瓜节上的瓜王还能不甜吗？没想到，张老摊着两手说：“忘了把瓜带回来了！”

唉！于是想，美丽的迎宾小姐也许会把瓜送来。痴等了许久，才想到女孩并不知道瓜是谁丢的，况且这里的瓜极多，人们并不会格外珍重这个瓜的。

没有吃到瓜王，其他的瓜也仍旧不甜。向导为了给白兰瓜平反，一个个地杀，狼藉一片。我们忙说：“挺甜，这个就不错，别杀了。”他拈起一块尝尝，说：“怎么瓜节上的瓜也不甜？不要紧，到了安西，就能吃到好瓜了。”

过安西时，正是午后沙漠上最热最寂寞的时光。黑蓝色的柏油路蛇蜕似的蜿蜒着，天空中弥漫着看不见却无处不在的尘埃，仿佛一杯混浊的溶液。太阳在空中发出幽蓝色的光，却丝毫不减其炙烤大地的威力。铁壳面包车成了真正的面包炉。我们关上车窗，是令人窒息的闷热，打开车窗，火焰般的漠风旋涡般地卷来。口唇皲裂，眼球粗糙地在眼眶里转动，全身像烤鱼片似的干燥无力。

突然，在大漠与公路相切的边缘，出现了一个木乃伊似的老人。地上铺一块羊皮，上面孤零零地垛着一小堆瓜。他出现得那样突兀，完全没有从小黑点到人形轮廓这样一个显示过程，仿佛被一只巨手眨眼间贴到苍黄的背景上。也许是因为他同大漠的色泽太一致了。

司机停下车说：“就买他的瓜吧！”

“瓜甜吗？”我们习惯地问。卖瓜的人没有说瓜不甜的，但老人慢吞吞地回答：“这里是安西呀！”

安西的瓜就一定甜吗？安西就是白兰瓜的免检合格证吗？国优部优产品还有假的呢，世界上徒有虚名的事太多了！

因为别无选择，我们买了老汉的瓜，记得狠狠砍了砍价。老人树根一样的脸上没有表情，算是同意了。极便宜的价钱。

车上地方窄，又颠簸。到了远离安西的地方，我们才停车吃瓜。安西的白兰瓜外观上毫无特色，第一口抿到嘴里，竟然是咸的！

过了片刻，才分辨出那其实不是咸，而是一种浓烈的甜。

甜到极处便是蜇人的痛，嘴角、舌尖都甜得麻酥酥的，仿佛被胶粘住了。抓过瓜缘的手指，指间仿佛长出青蛙一样的蹼，撕扯不开。手背上瓜汁淌过的地方，留下一道透明的痕迹，仿佛一只流涎的蜗牛爬过，舔一舔，又是那种蜂蜇般的甜。

真不知如此苦旱贫瘠的安西怎么孕育出如此甘甜多汁的白兰瓜。

安西古称瓜州。总觉得古代人很会起地名，比如武威，原来叫凉州，透着荒远僻地的苍凉。张掖叫作甘州，有一种安宁平和的感觉。安西地处荒沙，日照极强，非常适宜种瓜，自古以来，以瓜闻名天下，故称瓜州。

美国的良种甜瓜“蜜露”移民到了中国，在安西扎下根来，比在老家长得还要好，白兰瓜的盛名，其实是靠瓜州的瓜打的天下。

也许，白兰瓜要正名为“安西瓜”才更符合历史的真实。

我也想过，是否因为那天的极度干渴才使这沙漠之中的瓜显得格外甘甜。后来遇到过几次同样的情形，才知道唯有安西的瓜无与伦比。

想想这瓜，很有感触。它原本来自大洋彼岸，却在这块古老贫瘠的土地上繁衍得如此昌盛。它入乡随俗，褪去了娇滴滴的洋名字，也不计较人们以讹传讹地称它白兰瓜，寂寞然而顽强地在沙漠之中生长着，以自己甘饴如蜜的汁液濡润着焦渴的旅人。

啊！瓜州的瓜啊！什么叫特产，什么叫真谛，它只限于窄小的区域。好比一个石子丢入湖中，涟漪可以扩散得很远，但要找到石子，必须潜入那最初的所在。

蓝色太阳下的沙漠老人，教给我这个道理。

铜奔马的疑阵

铜奔马是我国的旅游标志，也是甘肃武威的市徽。这匹足下踩着鸟的铜马，最初叫“马踏飞燕”。记得“文革”中，我是在西藏雪峰的空旷地上，从慰问解放军的电影里，第一次认识这匹马的。粉碎“四人帮”后，又曾见报上载过，那马本该叫天马的，因当时林彪自比天马行空，连累得两千年前的铜马也名不正言不顺了。

这匹马轰动过世界。一位美国学者曾询问："这匹马是地震摇撼出来的？是洪水冲刷出来的？是暴力主义者强挖出来的？是文物工作者保存下来的？"

到了武威，自然想去看铜奔马出土的地方。

1969年，到处在深挖洞。在武威城北两华里①处，有一座高8米、长100多米、宽60米的长方形夯筑土台。台上建有雷祖观，故名雷台。挖地道的人们掘出了一座东汉晚期的大型砖室墓。

我们沿幽暗冷寂的墓道沉进墓穴，有汉代的风在脖子后面飕飕掠过。满身的热汗倏地缩回去，终于走到蒙古包一样的拱形墓室。一块块青灰色的汉砖，在昏黄的灯光下，显出宁静幽远的坚固。也许因不见天日的缘故，砖像青萝卜一样新鲜，敲弹起来当当作响，仿佛含有金属的颗粒。"这种汉砖，每平方厘米可以承受500公斤以上的压力。而我们仿制的砖，承重不到200公斤压力就碎了。"主人指着一块新砖说。相比之下，现代人的产品像伪币一样菲薄。

"这古砖是用武威的土烧的吗？也许是从外地运来的呢！"我问，想起现时的贵人们常用舶来品，若是后世的考古学家以为这是寻常百姓家也能享有的玩意儿，岂不带来学问上的不严谨？从这墓穴的规模看，死者生前显赫。

---

① 1华里=500米。

“化验过了，这就是用的我们的土。两千年过去了，我们还烧不出老祖宗烧过的砖。”主人长叹一声。

在墓穴的穹隆上，有一块脸盆大小的不规则区域，被色泽浅淡的新砖填塞着。主人介绍：“这是盗墓者留下的痕迹，我们修补了。但是很奇怪，墓内的随葬品保存完整。我们推测，也许盗墓贼刚挖开洞穴，便发生了一件不可琢磨的意外，他匆匆掩住破口就离开了，但永远没有再次打开。”

想想在一个月黑风高的夜晚，这里曾发生过谁也无法知晓的恐怖故事，墓室的灯火也摇曳起来。

墓穴很干燥，没有特殊的异味。遗骸是一罐烧焦的骨殖，其中还有一段未经焚化的羊腿骨。

这是怎么回事？我们都极感兴趣。

向导说，这是考古界争论不休的难题，涉及学术，不可妄谈。他讲了一段野史，汉代凉州有一家要添丁了，算命瞎子对他们说：“第一，你家要添一个男孩，这个孩子将来会成为凉州刺史。第二，这孩子生于这座楼上，也将死于这座楼上。第三，他将被烧死。”

我觉得不管灵验与否，这瞎子还是很大无畏的，敢说好话，也敢说歹话。

后来，这家的女人果然在高楼上产下一子，长大后弑主自立，成为不可一世的凉州刺史。刺史对占卜之话笃信不移，特命照他家的楼阁烧了一座陶楼，置于早已修好的墓穴之中。后来，因为他拥兵反叛，遭人征伐，自焚于那座楼阁之上。占卜之人的三条预言都惊人地应验了。

汉代兴厚殓，所以他死后还是享有了非凡的排场。骨殖已烧得不完全，尽孝道的后人便补进一块羊骨。那座陶楼也完整地保存下来了。毕竟是做过刺史的人，陪葬物中，除了金、银、铜、玉等珍宝外，还有99件精致的铜车马武士仪仗俑。率队驰骋的，就是举世闻名的铜奔马。

这故事几乎天衣无缝。在凄冷的古墓中听这残酷而又带有宿命色彩的解释，生出人生无常的悲凉。

还是来看美丽的铜奔马吧！它昂首嘶鸣，风驰电掣。要在绘画中表现马的神速并不难，只须添些翻卷的云霓就行了。比如飞天脚下的飘带，曲曲折折，便显出无限的高度与速度。然而在铜坯上制造这种扶摇临风的英姿，十分困难。那位敢于犯上作乱的刺史手下的能工巧匠，把支撑马体全身重量的右后足放到了一只鸟上，既表示其奔腾的速度超过飞鸟，又巧妙地利用飞鸟的躯体，扩大了着地面积，保持了奔马的稳定。

将近两千年后，这位智慧工匠的子孙们，开始复制这一杰出的工艺品（它可以换回高额外汇）。但仿制的铜马无法站立，在柔软的红丝绒上，它们毫无例外地栽向一侧。技术人员做了许多实验，进行了繁杂的计算，终于使现代的铜奔马同老祖宗的铜奔马一样，也能取凌空之势了。今人们因此得了科技成果奖，我想，这个奖应颁给两千年前那位无名的工匠。

铜奔马率领的仪仗队披一身凛冽的清光，肃穆地布列于墓室之中，仿佛有车辚马萧之声传来。

“这是按照我们的方案布列的。”主人说。

“难道还有什么另外的方案吗？”由不得人不追问。

“有啊！日本人的布阵法、美国人的、欧洲人的，各有各的高招儿。”

这99件铜兵马俑，仿佛一把凌乱的军棋子。除了铜奔马率先没有疑义外，其余的棋子被随心所欲地组合。

“那么，最初发现时是怎样布阵的呢？”

“没有人记得了。当时正在战备，挖到这个墓坑，大伙儿找来一个大筐，七手八脚地往筐里捡文物，像地里收山药蛋似的。旁边蹲着一个会计，拿个小本记着：铜人一个、铜马一匹……”

又是一个千古之谜！铜兵马们原来是井然有序的，它们携带着两千年前的一种思维、一种文化、一种风格，是有机的整体。现在牌被打乱了，黄白皮肤的学者都在洗这把被打乱了的牌，彼此争论不休。

丹麦的赛马协会主席曾写信说，我们专门买了铜奔马的复制品，以奖给每年获胜的欧洲冠军。他还说，这匹马的姿势，不是“奔马”，而是“跃行马”，走对侧步，速度更快。

两千年前那位篡权的凉州刺史，大概绝没有想到他的死、他的砖、他的铜马构成了这许多难以破译的密码。只有造成铜兵马阵之谜的原因我们知晓，那就是——愚昧。

鸠杖·独角兽·千金不传方

何谓鸠杖？从字面上难以想象，其实就是一端刻着斑鸠的木杖。

那斑鸠像一只鸽子大小，利用木质的自然纹理，勾勒出羽毛一样的细密层次，显得肥硕。口微微张着，博物馆的讲解员说，当初那里是含着一粒玉雕的谷米，因为年代久远，已经遗失。

鸠杖是汉时宫廷颁发给老人的拐杖。

《后汉书·礼仪志》里记载，每年8月，朝廷按户查选，凡年满70岁者，授予鸠杖。年满80、90岁者，还发给一尺长的玉制鸠杖。汉宣帝还规定：授杖的老人，可以随便出入官府；可以在供皇帝专行的道路上行走；在市场上做买卖可以不收税；触犯刑律，如果不是首要分子，可以免诉。

真不知道，历史上还有这样一个尊老的朝代。

只是，为什么要在杖上雕一只斑鸠呢？

史书上也有记载："鸠者，不噎之鸟也。欲老人不噎。"

真是我们这个"民以食为天"国度的思维逻辑。只要能吃，就象征长寿。我不知鸠的食道是否特殊，可以永远通畅，但欲要高寿，第一条强调的是"不噎"。我想，汉代一定是"噎食病"——也就是我们今日所说的食道癌高发的时期。或皇帝的亲人中有死于此疾者，故刻骨铭心地希望天下老人不噎。不管怎么说，斑鸠是用心良苦的吉祥物。

受鸠杖的人还有相当于六百石的俸米，类似今日离休的县团级了。在一处小型土洞葬里出土了一根鸠杖，死者是一位老翁，单棺薄葬，只有几件陶木器。可以想象，他生前是一个孤寡的平民，因年高受赐鸠杖，才有了唯一的生活来源。死后，他把它当作勋章带入墓穴。

西北多旱，千百年前的木头挖出来，不朽不糟，像新劈出的柴火，木纹明晰。

木雕独角兽，颇有非洲土著的韵味。一是简洁到近乎模糊，只有一个大概的轮廓，仿佛一团未经细镂的泥巴，却饱含灵动的立体感和勃勃生气。二是独角兽很像犀牛。它全身努劲儿，腰部弓弹，尾直立似虎，头低拱如豹，大步流星，仿佛正待迎接一场决斗，充满锐不可当的英勇。它既不像牛也不像熊，是一匹人造的怪兽。但又不像同是人造动物的麒麟和凤凰，富贵而吉祥，它是狞厉而迅猛的。据说，这就是我们传说中的“年”，所谓“过年”，就是为了要躲避它的伤害。

但讲解员另有一番解释：独角兽是公正之神。若有了断不清的案子，就把独角兽请出来，它的独犄角抵向谁，谁就是罪人。像西方的天平，独角兽是古代司法公正的象征。

看着像拓荒牛一样奋蹄掘进的独角兽，觉得它任重而道远。这世上有多少扑朔迷离的案件，有多少道貌岸然的罪人，人们自己断不清，便用木头锯出这样一种实际并不存在的兽类，在寄托一种美好愿望的同时，也表达着思索的困惑和意志的迷失。

又疑到“过年”原来是恶人们的发明。躲过了独角兽，便可以依旧故我，所以过年时便喜气洋洋。

“年”原来是恶人们的节日。

在纸还没有问世之前，人们记事，把文字写在大约一寸宽、一尺来长的薄木片或薄竹片上，用绳子按顺序串联起来，称为木简或竹简。

在祁连山下出土了一批汉代“医药简”。曾经做过医生的我对此自然极感兴趣，瞻仰时的心情仿佛见到一位活了两千岁的医生。

药简是松木剖制，毛笔字墨迹灿然，仿佛主人刚刚撒笔人寰。一简大约有几十个字，抄录得很工整。于是心中愈生崇敬，好像两千年前的药方也有使人活两千年的效力似的。

仔细端详后，深切地失望了。简上不过是些普通的病名、病状、制药方法，还有几十个方剂，平平淡淡，绝无长生不老的秘诀，不禁暗笑自己的天真迂腐。待看到最后，对这位两千年前的古人竟强烈地不满起来。在那些不过是甘草、绿豆配起的药方之后，写着“诸种药物煎汤，每早空腹服”，再之后，写着“此乃千金不传之方”。

每一方剂之后均是“千金不传”。

医药原是救人的，生命是世界上最宝贵的，千金难买。所以，有胆识、有气派的唐代医学家孙思邈，才将他的医著命名为《千金要方》《千金翼方》，共收进方剂7000余个。

孙思邈是汪洋浩渺的大海，而这祁连山下的古人不过是一汪浅水。他守着千金不传方，还是倒毙在苍莽黄沙之中，孙思邈则成为千古医圣。

博物馆服务部里，有仿制的医药简出卖，惟妙惟肖，足可乱真。几位衣冠楚楚的日本人在挑选。假如是我的国人，真想对他们说：不要买。无论是从医学还是从社会学的角度看，这药简都不足取，只单单剩下一个古老。因是仿制品，便连古老也不存在了，一无是处。想到这普遍的松木可以赚外汇，终于什么也没有说。

沙漠公园

“明天，我们到武威沙漠公园去。小徐，你不是一直嚷嚷要游泳吗？带上你的游泳衣。”向导说。

小徐从北京出发，果真带了游泳衣。但偌大一个兰州城，竟没有一处游泳的地方。往西走，一片瀚海，游泳衣成了我们取笑她的口实。没想到在腾格里沙漠、巴丹吉林沙漠包绕的武威，竟然可以——游泳！

乘车沿武威城东南走40里，一片绿色漫浸而来。这绿不是江南那种晶莹软滑的糯绿，而是艰涩粗糙苍老的劲绿，仿佛在绿色之上镀了一层金属的粉末。

沙漠公园最瑰丽的景色是树。杨树、柳树、榆树、槐树、椿树等共有100多万棵，还有梭梭、红柳、花棒等沙生植物500多万株。

单是有树，只能叫林带。虽然这些树在荒凉的大漠背景下，却显示出生命的悲壮与倔强。

于是，人们便在粗粝中揉进了人造的玲珑。有了桃花亭、鸳鸯亭等模仿江南秀色的楼台，有了跑马、滑沙、赛驼的游戏。

在游览过苏杭美丽清新的园林之后，突然在原始洪荒的沙丘背后，看到一个红男绿女般鲜艳的小亭子，觉得不协调，有股东施效颦的味道。

我悄悄把这想法对一位来自水乡的同伴讲了，并不是想讨好他的故乡。我以为大漠之上应有铁马金戈、碧血黄沙，这才是借造化之功，浑然天成。不想他却说："这些亭台若在江南，自然是算不得什么。但这里是大漠，有了这些景致，便使那些永远去不了苏杭的人也领略一回不同的风光，用心也很良苦。"

我无语。有时要求正宗，有时也须仿制，世上有许多规则，都有各自道理。

游泳池其实是一个小型人工湖，水泥砌成曲曲折折的湖岸，还有几簇柳枝。在干燥得冒火的沙原上，突然看到一池真正的碧水，真是惊喜交加。大家齐声问："这水是从哪儿来的？"

"抽的地下水。再往远里讲，是祁连山的雪水渗过来的。"公园的管理人员笑眯眯地告诉我们。由于蒸发量极大，需要不停地注水。

"但渗漏怎么办呢？"记得小时见过干涸的游泳池底，布满甲骨文一样的裂隙，每年都要修补。这沙漠中的池塘，漏起来像个筛子，有多少水也供不上的。

"我们先挖了这个大坑。底下都是沙，糊上水泥也禁不住漏的。用车从远处拉来胶泥，胶泥你们都知道吧？"主人问。

“知道的。”小时我用胶泥捏个小碗，啪地摔在地上，胶泥的密闭性极好，空气逸不出去，小碗就像玉米开花似的炸裂了。

“把胶泥卸在池底铺开，再吆喝来一群牛马骆驼，让它们在泥巴上踩。踩实了，再铺上水泥，这池子就不怕漏了。”

原来是这样！这骆驼蹄子上的游泳池，这大漠上来之不易的清波！

看到一个游人笨拙地在水中嬉闹，撩起一簇簇水花，这是一位牧民。我感觉到了江南同伴的宽容和智慧。他设身处地地珍惜这粗糙的楼台和简陋的水池。并非每一个居民都有机会浏览江南，永远停留在大漠的人，也渴望那清凉涓透的世界。而我太狭隘了。

小徐终于没有游泳。她俯下身去，将两根手指探进水里，说“太凉”。

毕竟是祁连山积雪融化的水啊！

高台兄弟冢

高台是河西走廊中部的一个小县。匆匆经过高台，唯一的安排是瞻仰高台烈士陵园。

烈士陵园也许是最统一规范的建筑，都有队列一样整齐的墓地和巍峨高耸的纪念碑。走进这座烈士陵园，却只见森森的林木。

墓，墓在哪里？我们环视。

一座巨大的水泥构件突兀地显现出来，仿佛紫金山天文台半圆形的屋顶，凝望着西中国9月湛蓝如洗的天穹。

全园仅此一处坟茔，像一座孤零零的水泥城堡。1937年1月12日到1937年1月20日，西路军红五军3800名将士，血战高台，全军覆没，遗骨尽收于此。

我从未见过比这更大的坟墓，像一座土黄色寸草不生的山丘。但对于3800名不死的英魂来说，它太拥挤了。手抚着被太阳晒得温热的水泥壁，觉得它充满即将爆炸的张力。烈士们人不分老幼、地无论南北，在这水泥穹顶下肌肤相亲、相濡以沫，这是一座名副其实的兄弟冢啊！

这坟墓使整个烈士陵园风格简练而主题突出，使人深思3800人命运的琴弦为何同时喑哑。

烈士纪念堂内垂满挽联、挽幛，觉得自己也变成一朵素白的纸花。墙上挂着红五军军长董振堂毕业于保定军官学校时的相片，英俊潇洒。眼光从年轻的面庞下移，突然像冰柱似的凝冻。

又是一张董振堂的相片，额头、眉棱、嘴角，都与年轻时的影像轮廓相符。对于一个成熟男子来说，时光只是使他神气更坚毅而果敢。一切都像是同一张底板又加洗了一张，唯一的不同是：1925年的董振堂严谨地扣着军装风纪扣的地方——1937年的董振堂脖颈以下，是一片迷茫的苍白。仿佛有一场漫天而降的风雪，掩去了董振堂的身躯。在这一片迷茫的苍白之下，我看到一圈浅浅的阴影——那是一个碟子。董振堂年轻而高傲的头颅，就坐落在碟子之上——这就是敌人残害他之后所摄的相片！

1937年，西路军孤军深入，兵败祁连。匪徒们得以从从容容地宣扬他们的战绩。纪念堂里展示着大量敌人当年所摄的相片，惨烈的血雨腥风，扫过半个多世纪的时间隧道，鞭笞着我们的心。

一组连续的相片。第一幅是一群被俘的西路军战士，衣衫破碎，弹伤累累。第二幅是一棵枝叶繁茂的大树。从叶子的轮廓和枝杈过早分披的树形看，仿佛是棵古槐。在槐树惯有的树洞里，像蜘蛛一样钉着一个赤裸的人体，瘦骨嶙峋，仿佛是用灰白色的铁丝编织而成。我看到了干瘪如两片枯叶的乳——那是一个年轻的女人。图片下的说明中写着她是西路军的一位护士长。第三幅是匪徒们将她的尸体丢弃在地，一群群豺狼狂笑的合影，一幅又一幅……

脉搏在手腕处像出膛的子弹一样跳动，我感觉到了那个不知名姓的女人在死亡以前所承受的全部屈辱与痛苦……

9月的西中国将近正午的骄阳，把到处都烘烤得像麦秸垛一样松软喷香。我们站在明媚如金的烈日下，脸色铁青。

往日，我们每经过一处，都要喧嚣地议论抒情。今天，无话。所有的人都缄默在这肃穆的园林里。

我们到街上买来九米白布。中国人尊崇“九”，这是一个表示最高敬意的数字。同行的老书法家大笔泼墨：历史和人民永远不会忘记你们！

后来，我对朋友说：“假如有一天我去打仗，我一定英勇地战死。死后请你们把我的尸体扔进火焰，烧焦。”

地下600米处的餐厅

没到金川之前，不知镍为何物。到了这号称“镍都”的地方，才知道每个普通人都拥有这种美丽的银白色金属。不信，伸手摸摸你的裤兜，掏出几枚钢镚儿——这就是镍币。

镍号称“工业维生素”，著名的不锈钢就是因为含有镍。在国际上，一个国家拥有镍的数量，成为科技发达的标志。中国原来是个贫镍的国度。在没有发现金川这个世界第二大镍矿之前，镍完全依赖进口，据说那时动用一公斤镍，要经过国务院副总理的批准。1958年——虽然成了令人诅咒的年代，但在大炼钢铁全民找矿的口号下，一个放羊的孩子把龙首山上捡到的一块矿石交到了地质学家手里。从此，一座巨大的矿山从这块孔雀绿的矿石里萌生。

我们参观了壮观的露天矿坑，它像一个锲向地心的巨大圆锥，又如火山喷发的遗址。蜿蜒的汽车道像炮膛里的来复线，镌刻在开掘而形成的人工峭壁上。看坑底的汽车甲虫似的蠕动，有一股魔幻般的感觉。

这是老矿坑，经过几十年的开采，已经基本停用了。但那锥子似的刺入山体的气势，仍叫人生出稍含恐惧的敬意。

“我们开始进行矿山的改造工程，挖掘了亚洲最长的主斜坡道，可以深入到地下600米。待全部完工后，镍的产量将大幅度地提高。”总工程师介绍说。

“能到矿井下面去看看吗？”我提议。太想钻到地底下去看看，如今有了飞机，上天并不难，有幸犁进地球皮肤下面去试试温度的人却不多。

这是一个计划外的安排。由于我们的不安分和主人的热情，终于成行，成为此次西游中辉煌的一章。

先运来一批下井的服装——长衣、长裤、长筒胶靴，还有天蓝色的安全帽。我穿戴齐全，却发现致命的一击：因为来时穿裙，没有皮带系裤。搜索四周，捡了一根尼龙包装绳，还是粉红色的，兴高采烈扎在腰间。胶靴也太大，像副舢板，每走一步，脚趾前都有一块方形鞋底不肯随之起落，仿佛在给大地盖印章。靴筒很高，直箍到膝盖以上，行进时像木偶一样机械。不知这副行头别人观感如何，自己觉得很威风凛凛。在主斜坡道口留影，刚摆好一个英勇的姿势，同伴提醒我最好解掉腰间扎的粉红尼龙绳。于是跑到一位男同胞面前，说："把你的裤腰带借我使使。"他便很大度地用双手扶起自己的腰，让我雄赳赳气昂昂地留下了这难忘的一瞬。

坐一辆面包车，开进主斜坡道，缓缓地向地心滑去。主斜坡道其实就是一条长长的隧道，中途有分支通往开采矿石的工作面，它仿佛是叶片的主脉，又是地下交通干线。因尚未完全竣工，没有照明，汽车好像往深海下潜，只有车灯像黄熟的竹杠，在前方扫出比车身还细的通道。拐弯时，灯柱便猛地打在嶙峋的山石上，倏忽又转移到更幽暗的远方。

总工程师示意停车，他要检查掌子面[①]的进度情况。我们下

① 隧道施工中的术语。

了车，才知道山的表面干燥严峻，内里却像草莓浆汁般丰富。滴滴答答的泉水敲在安全帽上，仿佛头上岩缝中匍匐着一位少年鼓手。脚下一片泥泞，黄浆互相攀缘着爬上胶靴高处，一股瘆人的寒气穿透脚心的涌泉穴……

走着走着，开始气喘，好像这里是高原。其实这里已是地下400米，主要是通风不良。想到我们偶尔一次还觉辛苦，那些最初的开拓者，曾经历过怎样的艰难！

运送矿石的车从我们身边隆隆驶过，随手抓到一块镍矿石。漆黑的断面上，密布着星辰一样闪烁的银斑，这就是神秘而宝贵的镍了。山川之精英，每泄为至宝；乾坤之瑞气，恒结为奇珍。后来在太阳下，总工程师掂着这块沉甸甸的矿石说，含镍量当在3%以上。按照标准，含镍量为1%就算富矿，这块石头，要算特富矿了。

在岩石阴冷森严的气息中，突然闻到肉炒柿子椒的香气。这毫无疑问是错觉。人在这亘古沉寂的地心潜藏着无以排遣的恐惧。冥冥中总觉得山会毫无征兆地塌下来，自己会变成亿万年后的琥珀或是煤。潜意识会使感官混乱。但是我看到别人的鼻翼也在抽动，难道幻觉也会传染吗？

“现在，咱们去看看地下餐厅。”总工程师轻松地说。

明亮的、灿烂的、暖洋洋的、像玫瑰一样鲜艳的火，三个丰腴而洁白的女人，像黝黑底色上的油画，出现在我们面前。

金属矿是不禁烟火的，于是在地下600米深处，有这样一个整洁的餐厅。它位于主斜道一侧，像一个平静的港湾。一排原木钉成的餐桌，简陋，但干净，看得清涡轮状的木纹。厨房里，巨大的发面团把一个沉重的锅盖顶得颤颤巍巍晃动。一个女人在择豆角，嫩绿的汁液像露水似的从断端沁出，一缕柔曼的绿须像少女的发缕卷成“8”字……

我们怔住了。多么安宁、平和！一份不属于地下、不属于黑色、不属于镍、不属于男人的温柔，像薄暮时的雾霭扑面而来——我们在这一瞬间都想起了家！

同女人们聊天，问她们自己的家在哪儿。女人们那沾着面粉的手指笔直地竖起。她们头上是龇牙咧嘴的岩石，再往上，是山峦厚重的肌肤，共达600米。

“这里苦吗？”我悄声问。

“苦。”她们垂下眼帘，好像不好意思承认，“不过，也有比地面上好的地方。”

“哪里好呢？”

“在这儿做饭没有苍蝇！”她们一起回答。

我们坐罐笼回升地面。那是一间极窄小的铁皮房子，四处漏风。还从不知什么地方爬进凉毛毛虫似的冷水。耳边鸣笛似的飞过风的尖啸，四周是墨鱼汁似的黑暗。只有铁器运行时吱吱嘎嘎的摩擦声，才提示你身边的这一处黑暗已不是那一处黑暗。终于，有奶一样的天光自头顶笼罩下来，那光像浪花湍急地明亮着，直到迸溅出灼目的光芒。周围的人像浸泡在显影液中，迅速显示出从轮廓到细微的差别。啊！到地面了。

这才知道阳光、干燥、流动的风……都是无比宝贵的东西。

黑牛引路的民族

凡是人数极少的民族，我都以为他们生存在西南的十万大山里。只有偏远闭塞，才能保持住他们特有的习俗和文化。若在通衢大道旁，便很容易同化或繁茂起来，不再保留古风。听说整个民族尚不到一万人的裕固族，邀请我们到他们的民族饭店做客，我在深刻检讨自己孤陋寡闻的同时，由衷地高兴。

裕固族现有9145人[①]，全部居住于甘肃张掖地区肃南裕固族自治县，以畜牧业为主，有自己的语言，没有文字。

裕固族的宴席很丰盛，烧羊羔肉脍炙人口。据说当地流传着“宁吃一顿羊羔肉，不坐三请六聘九家席”之说。我因不吃羊肉，失去一顿好口福。其他的菜就没有什么特色了。席间有两位裕固族女郎，身着鲜艳的民族服装，为大家敬酒。

她们一边用裕固族语言唱着悠扬的祝酒歌，一边用手指将酒虔诚地弹向高空，洒下大地，这大概是一种古老的习俗，然后双手将酒捧给客人。在这种不加解说的热情面前，由不得你不喝。不一会儿，席间的气氛就像火焰似的沸腾起来。

两位姑娘是表姐妹，一个叫银杏，一个叫月亮，都是极美好的名字，人也长得像名字一样美丽。我与同行的一位女友争执到底谁更漂亮。我喜欢姐姐银杏灼目的冷艳之美，女友喜欢妹妹月亮清澈的纯真之美。总之，裕固族姑娘有一种东西交融的迷人风采。

---

① 据2005年统计，该民族人口1.5万多。

在我们的要求下，她们演唱了裕固族古老史诗的片断。歌声古朴苍凉，仿佛一支鹰笛在草原上空盘旋。大意是：

我们是来自遥远西方的旅人，
祖先告诉我们：故乡在西直哈赤。
黑色的神牛引路在前，
来到八字墩下。
站在八字墩上瞭望，
沙漠中有一丛玫瑰色的红柳花，
这里是一个吉祥的地方。
从此我们留在了这里，
成为今天的裕固人。

“那么，西直哈赤又在哪里呢？”席后，我问两姐妹。对于这样一个曾经漂泊过的民族，你会激起强烈的寻根愿望。

“西直哈赤大约在新疆喀什或吐鲁番一带。我们的祖先是一个强大的部落，后来战败了，开始逃亡。有一年我到新疆去，突然发现那里的一切都非常熟识，好像我在梦中曾无数次游览过这地方……”银杏说。

我想这是完全可能的。一个民族的集体无意识，一定以某种生命物质的形式储藏在遗传基因的密码中，像火炬接力赛，一代一代传递下去。

后来查了资料，才知道裕固族属于中国的古民族，公元6世纪时，游牧于阿尔泰山一带，曾经建立过东至辽河、西达里海、北到贝加尔湖的辽阔国度。

姑娘们的父母都是牧民，父亲是草原上著名的歌手。妈妈领着小银杏去挤牛奶，这对孩子们来说，是个枯燥的活儿，妈妈就教她唱歌。最初的歌就随着洁白的乳汁渗进她幼小的心田。后来，作为裕固族排名第一位的歌手，她到了北京，获得了少数民族节目会演优秀奖。她到处演唱裕固族的歌曲，有一天接到一个奇怪的邀请——匈牙利国家电视台邀请她去访问。

匈牙利大使馆的人听到了裕固族的民歌，觉得同匈牙利的民歌有那么多的相似之处。他们把银杏邀到电视屏幕上，与一位匈牙利歌唱家对唱。你唱一首，我唱一首，一共录了一百首。

“真的很像吗？”我问，这太不可思议了。

“真的很像。”银杏肯定地答复我。

“那这是怎么回事呢？”我陷入迷惘之中，肃南和匈牙利，这中间的距离太遥远了！

“我也这样问过匈牙利人，他们说，他们就是以前的匈奴。”

据说，匈牙利的语言学家考察过裕固语，也发现了两者之间惊人的相通之处。

面对这两个漂亮的裕固族姑娘，你突然发现仿佛面对历史与地理的迷宫。

465窟

陇西行的终点是敦煌。一路上看了那么多景观，我们都以为自己的兴趣像无以补给的内陆海水，水位越来越低。不想，当敦煌从远处地平线像飞蝗一样扑来时，内心仍然激起喜悦的狂潮。

敦煌、莫高窟这些名称，都带有字面上难以理喻的含义，让人联想到异域的古奥。我爱刨根问底，便搜集来许多种说法。我也不是史学家、文物学家，便依了自己的好恶，只取最喜欢的一种解释。

敦煌：汉代曾有人解释为盛大辉煌之意。原来这还是一个形容词。

莫高窟：因为千佛洞石窟修造在沙漠中鸣沙山崖壁之上，别处的沙漠地形都低，唯这一处沙漠高兀，故称漠高窟。因沙漠的“漠”与莫名其妙的“莫”古时通用，所以传为莫高窟。

莫高窟还有一个解释，说是乐僔和尚首先开凿洞窟，因道行“莫有高过此僧”的，故云“莫高窟”。我愿把这说法隐匿起来，向大家推荐“沙漠高处的石窟”之解，它在雄伟峭拔的自然力之上，又镀有人工雕琢的精巧之感。

如今的敦煌似乎当不起盛大辉煌这个词，是座县级小城。全城都在买卖旅游商品，像一条文物街。

到了敦煌，仿佛进了另一国度，流行一套陌生的术语。弄不清它们的确切含义，就无从了解敦煌。

比如“窟”，就是山洞的意思。莫高窟坐落于敦煌城东南25公里处鸣沙山东麓，共有492个洞窟，4.5万多平方米壁画，3000多身彩塑，故称千佛洞。再通俗些讲，一座窟就是一座庙，内塑神像，莫高窟就是庞大的庙群。远远望去，窟像密集的蜂巢，排列于峭壁之上。窟都按顺序编号，不按年代，也不按大小。从左至右，像门牌号似的一字排下去，很平等公正。工作人员熟练地称呼着“××窟”，就像我们描述家庭住址一样。窟是分等级的，我们最后参观的465窟，是特级窟中的绝密，对海内外游人都从未开放过，任何一本游览手册中都没有对它的描述。

比如“经变”，就是把佛教经典用绘画、文学的形式表现出来。画出来就叫作“变相”，用文字写出来，就叫作“变文”。敦煌壁画大多数是经变故事，看起来像一幅幅连环画。

再比如“藻井”，看画册时，我怎么也弄不明白它指的是洞窟的哪一部分。其实它就是洞顶的天花板，不过它不是平坦的，而是一直拱上去，好像一口挖向苍穹的井。

好了，我们现在已经掌握了浏览敦煌的基本术语，可以向莫高窟进发了。

正是夏末秋初大漠上的黎明，朝日蓦然跃上三危山，将其庄严神圣的金光洒向鸣沙山，遍地流光溢彩，宛若仙境，给人留下刻骨铭心的记忆。

一千六百多年前，从大漠深处走来一个和尚，身披玄色袈裟，手持齐眉禅杖。他也看到了这奇异灿烂的金光，被这奇妙宏大的景象眩惑，在断崖上凿开第一座洞窟，修造了第一尊佛像。这位和尚就是莫高窟的创始人乐僔。

因为我们一行中有德高望重的长者，管理人员为我们打开不少秘窟。说是秘，也是这几年才严肃起来的。当地人说，前些年，有些洞连门都没有，人们可以像山风一样自由出入。如今，特级洞窟要经敦煌研究院院长亲批，而且每窟每人次参观费用要100元以上。

也不能怪敦煌的管理者故弄玄虚。据说用进口的仪器测定，一批游人进窟后，洞内的温度、湿度、二氧化碳浓度顷刻间便上升。游人走后，所有异常指标在几天内都无法降下来。人们在满足自身求知欲、探险欲、游览欲的同时，给这古老的窟院带来了难以挽回的破坏。

太阳渐渐蒸腾出热浪，走进洞窟的第一个感觉是清凉如水。朦胧中见许多紫髯碧眼的北欧游人，赖在洞里不出来，他们更怕热。第二个是黑。所有洞窟为了避免损坏，都不装灯。于是大家摩肩接踵，围着导游的大手电筒转。

开凿洞窟的鸣沙山断崖，为赭灰色半风化的沙岩，表面像橘皮似的粗糙，仿佛用手指一抠，就能拨下岩石的颗粒。我想，这座天造地设的山是莫高窟得以伟大和久远的先天之宝。若是极坚硬的石山，开凿起来就太困难了，洞窟就一定没有这么多，本小力薄的施主也就知难而退了。若是极酥的山，凿起来容易，塌起来也容易，就保存不到今天了。这山石只易于打洞，却凹凸不平，只好在洞壁糊上泥巴，因此诞生了莫高窟仪态万千的壁画。又因石头无法雕镂，只得以木胎绳麻泥土为塑，因此便留下千佛洞鬼斧神工的塑像。

古丝路曾经很繁华，这给莫高窟的修造提供了强大的物质基础。后来战乱频生，这一带又极荒凉，给莫高窟的保存维持了最宜环境。若一直繁华下去，善男信女们会不断粉饰洞窟，我们如今哪里还能看到魏晋盛唐时的真迹？！荒凉杜绝了人为的破坏，西北干燥寒冷的气候，又似一台冰箱，奇迹般地将莫高窟掩埋在流沙之中，完整地保存下来。

昔日的敦煌已淹没在历史的长河之中，屡屡袭来的边塞烽火，使长城坍塌、阳关毁弃。历史祸福相依，莫高窟像台风眼中的一叶扁舟，载着千余年前的辉煌，成为中国的骄傲。

我们一个一个洞窟参观，沿栈道攀缘不止。关于敦煌，已经有了那么多专著，我不再重复他们的话，只写属于我自己的那一份感受。

所有的人都说壁画精美绝伦，但十个指头还分长短哩！那时的工匠有技术精绝的高手，也有技艺平平的一般工程人员。看到一幅经变图，开头画得很宽松，想象得出画工从容不迫优哉游哉的样子。但显然计划不周，故事没完，后面的地方不够了。他匆忙起来，人也小了，画面也挤了，总算把结尾安排进去。这肯定是个边设计边施工的新手，没个统筹安排。他的粗疏连同他的业绩一起留传下来。

佛教的经变故事看得人荡气回肠，但看得多了，便发现人物性格十分单一，实属艺术世界的扁平人物。

比如296窟，建造于北周。此窟顶为覆斗形，四周藻井为华盖式，井心为水池莲花，四角画飞天，藻井外围由忍冬、莲花、禽鸟、宝珠、宝瓶等组成图案，窟顶四周是此窟的主题画，其中之一为《微妙比丘尼缘品》。

微妙是一个女子的名字（多有特色的名字），她婚后回娘家生孩子，没想到半路上就临产了。血腥味招来了毒蛇，咬死了她丈夫。过河时，她怀抱婴儿，没想到儿子又被狼吃掉了，自己被水冲走。好不容易苏醒过来，碰到娘家报信的人，说她娘家失了火，父母全被烧死，微妙已无家可归。没办法，她改嫁第二个丈夫。再次生子之时，丈夫喝醉了回到家，把刚出生的婴儿煮熟了下酒，还逼她一起吃。微妙只好逃出家门。在路上碰到一个丧妻的男子，微妙又嫁给了他。婚后才七天，第三个丈夫又暴病而死，按照风俗，微妙被殉葬。半夜里盗墓贼扒墓，微妙获救后，被强迫与贼首结婚。婚后，第四个丈夫被抓住，判罪处死，微妙再次殉葬。这一次是狼扒坟救了微妙，后来微妙见了佛，佛把她度为比丘尼……

多么悲惨的命运，中国的祥林嫂见了微妙，也要自叹弗如。但微妙完全是听凭命运摆布的人物，看不到她的性格与色彩，更谈不到发展。这样的故事看得多了，便觉单调。

我特别留意16、17号窟，因为这就是著名的藏经洞所在，这是一座晚唐时的新型大窟，高大宽敞，像个小礼堂。在洞窟主室中心，设有马蹄形佛坛。四周饰有团凤壁画，是宋代绘制的。19世纪末，一个名叫王圆箓的道士雇人维修千佛洞。当他清理到这个洞窟时，扒开流沙，突然听到轰鸣之声，并且发现窟甬道北壁墙面出现裂缝。王道士将耳朵贴近裂缝并用手敲了几下，发现是空的。他试着打掉壁画，看见里面出现一扇小门，打开小门后发现一间密室，其中堆满数不清的经卷、文书、绘画等，共计五万余件，这就是后人所称的藏经洞。

藏经洞现在称为17号窟，面积约十平方米，相当于城市中两居室单元中的那一小间，供有河西晚唐时僧统洪辩的塑像。这座小窟原是洪辩的影窟（纪念窟），公元11世纪时，由于河西地区动荡不安，寺院的僧侣们为使经书免遭战火，就把各种佛典和其他文书藏在这座小窟中，封闭了窟门，又在外面糊上泥巴，画上壁画。当年蒙宝的人不知为什么再未打开这个窟，秘密便保存了九百多年。藏经洞被发现后，遭到了帝国主义分子肆无忌惮的掠夺和盗窃。沙俄、英国、法国、日本等国的探险家共攫走四万余件敦煌文书，我国仅存一万余件，而且绝大多数为外国人挑剩下的佛经。

一座普通的坟墓从车窗外一闪而过。“那就是王道士的墓。”导游说。我急忙回头，已看不仔细，它已湮没在一片黄尘之中。

该如何评价这个人？很奇怪，怎么当年让一个道士管理佛家寺院？他曾以极低廉的价格将敦煌文书卖给外国人，该是中华民族千古不赦的恶人，但据说他为人十分清廉，所得款项均用来维修濒临倒塌的千佛洞。

据盗买文物的俄国人奥布鲁切夫在《中亚僻地》里回忆：王道士保存古写本的地点是洞窟中的一个陈列室，依次通过三个房间，才能到达洞窟的最深处，那里几百年未换气通风，而且绝不见阳光。王道士说自己平时极少进去，纵使进入也只限于寂静的清晨之时。首先在第一窟室祷告数分钟，继而在第二窟室也依法从事。进入最后一窟室也要先等待数分钟而不能马上接触经书，为的是去掉入密室前，人身上所带的热气、潮气及邪念……

王道士在保存敦煌文书方面是虔诚甚至是科学的。他出卖文物，更多的是出于无知。

探险家们如取自家之物，将中华民族的瑰宝——敦煌文书，运回了各国的博物馆。由于他们先进的设备和技术，使这些古文书得到了极妥善的保管。英国和法国率先公开了所有的古文书，这不仅对中亚历史，而且给整个东方学的领域都带来了莫大的进步。敦煌文书的流失，使得它在客观上成为整个人类共同的财富。今天，世界范围的敦煌热、丝绸之路热，也许同敦煌文书的广泛流布有着不可分割的关系吧。

历史就是这样一个怪圈——福祸相倚。

傍晚时分，我们参观此次敦煌之行的最后一座洞窟——465窟。

给我们开车的驾驶员是一位老司机，曾拉着省委书记来参观，但他们也没有进过465窟。

465窟是一座绝密之窟，我查的所有资料均未提及，以下所写全为我的记忆。

它位于石窟群最北的山崖上，用一把专用的钥匙开门。这把钥匙掌握在敦煌研究院院长手里。

窟前有专人警卫，饲养着两只纯种狼犬，虎视眈眈。因为465窟曾经失窃，故格外严加防范。

465窟供奉的是藏传佛教秘宗本尊神——欢喜佛，即佛教中的“欲天”“爱神”，做男女二人裸身相抱之状。

攀上扶梯，打开铁锁紧闭的重门，神秘莫测的气息扑面而来。随着导游昏黄的手电灯柱，我们看清这是一座中等大小的洞窟，四周斑驳古旧，显得很荒凉。当中原本塑有一尊欢喜佛雕像，解放初期就被捣毁了，现只遗有一个空台座。四壁画幅全为男女相拥图形，由于年代久远，色彩剥脱，轮廓已湮没不清。只见交叉的人体中伸出许多手脚，好像某种奇怪的生物。有一壁顶天立地画着很多这种形态的人体，仿佛一套广播体操的图谱，却看不出具体所指。据说曾请来秘宗的许多高僧，希望他们能做出一番科学而合理的解释，但高僧们研究许久，也终于没说出个所以然。我细细观察一番，觉得那似乎是某种功法或是修炼的图解。同别人讲这看法，人家说你可能是武侠小说看多了，以为这是秘诀呢，也许只是当年的匠人随笔勾勒出的，倒成了千古之谜。

墙上的壁画有被刮去又复原的痕迹。465窟的失窃曾使国内外舆论大哗。窃贼是从周围山崖上打了洞潜进的，用心可谓深也。不过很快就破了案，壁画重新完整无缺。

走出465窟，正是当年乐僔和尚看到三危山放射灿烂金光的时刻。三危山“三峰耸峙，如危欲堕，故云三危”。它横亘于广袤无垠的瀚海之上，恰如三根直插云天的桅杆，它给予莫高窟的创建者以最初的灵感：在一片金碧辉煌之中，三峰奇迹般地化为庄严肃穆的三世佛，重重拥卫的小峰，顷刻间化为弟子、菩萨以及天龙八部。湛蓝的天穹中，飞舞着彩云、宝带，还有那美妙的箜篌、琵琶、羌笛……飞天漫舞，千佛拂空，一个富丽堂皇的仙境展现在面前……

敦煌莫高窟是人类想象与智慧的结晶。在这大自然的胜景与人工艰苦卓绝的创造之间，我们被深深地震撼了。

前面就是阳关

关于鸣沙山，关于月牙泉，关于白佛黑佛，关于卧佛立佛，我都不准备再写什么了，虽然它们都是敦煌的骄傲，我只想再写一写阳关。

“西出阳关无故人”——一句古诗，让一座城池在记忆中永存。

一个绝早的清晨，出发游览阳关。它位于敦煌西南约80公里处，乘车走了近两小时。大漠苍茫，薄雾轻风，莽莽荡荡的流沙砾石，闪烁着妃色的光芒。一座高大的烽燧，碉堡一样突兀地矗立在面前，向导说：“阳关到了！”

我们忙着在烽燧前留影，心想，烽燧如此雄伟，阳关更应气象万千，催着向导快领我们游览阳关。

向导领我们登上一处高坡，用手一指：“前面就是阳关。”

前面——浩渺的沙海，绵延无际。巨大的沙包，仿佛光滑的屋顶，参差起落。遍地金沙，像一匹波光粼粼的锦缎，抖动在蒸腾而起的蜃气之中。没有人烟，没有城池，甚至连一棵草、一片瓦都没有，只有死一般的寂静。

我们辛苦跋涉来看阳关，阳关早已不存在了。

阳关建于西汉，是汉唐时代向西域输送军队的最后大本营，故而留下许多亲朋别离的千古绝唱。唐以后，逐渐废弃。随着世代久远，流水冲击，风沙淹浸，关城破败，城垣灭迹，故历史上留下了“阳关隐去”一说。

据说从烽火台处往沙漠腹地走上几小时，可以到达一个叫作古董滩的地方。当地民谣说：“进了古董滩，空手不回还。”你可以捡到铜钱、箭镞、陶片或其他文物。那里就是当年阳关的具体所在。

面对浩瀚的沙漠，心中充满世事变迁的苍茫。看周围熙熙攘攘的游人，都在念叨着“西出阳关无故人”。听说这句诗在日本也很有名，许多日本人就是为了看看阳关才到敦煌来的。

阳关湮灭了，但人们并不悲哀，不存在的阳关依然在人们心头耸立。因为人们是从王维的诗里认识阳关的，只要这首凄清悲凉的诗一代代流传，阳关就永远不会消失。

从阳关走出去的，是征战的将士；从阳关返回来的，是思家的游子。告别阳关，我们踏上归途。大漠戈壁，绿洲关山，边墙烽塞，古道驼铃，画工青灯，石窟佛陀，悲壮的征战，凄婉的别离，开拓的艰辛，辉煌的功业，传奇的故事，豪迈的诗篇……像鸣沙山下的五色沙，沉甸甸、滚烫烫、色彩斑斓地混淆在脑海中。

听说，千佛洞的壁画就是以五色沙为颜料画出来的。

轻松山房

广西柳州有一座美丽的公园叫作大龙潭。龙潭公园有极清冽的水、极秀美的山，这些都不足为奇。广西多风景，看得多了，好比日日珍馐，也终有厌倦的时候。跟着导游亦步亦趋，她说这是一个什么景，我就连连点头，以表示对主人及对景色的尊重，只求她不必详说。

“这是轻松山房。”导游小姐款款道来。

一座小楼，粗看是木头的，其实是水泥的。擅长做木匠活儿的柳州人（世上有死在柳州一说，就是指这里的木工手艺超群，做出的楠木棺材享誉东南亚）把水泥漆成干燥的松色，好像刚刚剖开的松木，仿佛还有松脂味。每隔一段距离，还精致地画出木节，惟妙惟肖，就差画出几个虫子眼儿了，要不连啄木鸟都得上当。

也不知这山房是派什么用场的，青山绿水掩映下，还算雅致。我胡乱点了一下头，算是看过了，预备举步向前。

“你凑近看看，那上面镶有一副对联，挺有意思，柳州一绝呢！”导游小姐热情相邀。

同行的人并不理睬，匆匆远去，想着一座水泥房舍必不是什么名人故居。导游小姐有些不知所措，又不好把人强拽回来欣赏这座基本平常的小楼。

我不忍看她尴尬，就很敷衍地走过去，看那对联上潇洒的行书。

男女有别来此寻方便须看清方向

大小均可入内得轻松请注意卫生

横批：轻松山房

我瞠目结舌。这座山房是……实际就是……我的判断已然做出，但惊异地盘旋着，不敢贸然落下。因为那结论不雅，因为我从未见过类似的景点。我们是一个喜欢饮食文化的民族，却常常只注意竹筒的这一端而有意忽视那一端。我们过分讲求儒雅，有时却忘了对自己天然的尊重。

我看着小姐，导游小姐也看着我，鼓励地微笑着，敦促我将那答案说出口。

“这是一处厕所。”我说。

“是啊！”导游小姐快活地笑起来，“这是我们柳州一景，也许是全国最漂亮的厕所，起码名字是啊！”

细细看去，轻松山房是座二层小楼，形状类似颐和园的石舫。扶梯而上，内里四处都很洁净、很干爽，没有丝毫异味。到处保持着暗红的木质色调，更显出卫生洁具的雪白。仿佛有巨大的抽风机在看不见的地方运作，空气清新如晨。细细观察，屋顶和墙看似一体，实则是分开的，有蓝色的山风从那间隙呼啸而过。紧贴着山房长着一丛丛茂密的修竹，竹叶把扶疏的影子探进来，像扇骨一般摇曳着。

聪明幽默而又风雅的柳州人啊！真难为你们盖了这一座美丽的建筑，起了这一个诙谐的名字。“轻松”二字，含一种调侃、一种写实、一份彼此心照不宣的机智。山房的命名，又合了这山、这竹、这龙潭清幽的风韵。

走出轻松山房，我对一直等候的导游小姐说：“我会记得柳州。”

一位先行者赶回来，不好意思地问导游小姐：“跑了好远，也没有找到个方便的地方。你可知道这附近哪里可行？”导游小姐说：“谁让你刚才不在这里停一停！”

那位先生惊愕地说：“这么漂亮的地方，哪里想得到是‘出处’！”

他刚要进去，突然问道：“不知门票要多少钱？”

我这才记起，轻松山房是不收钱的。

玛瑙人

中国人对宝石，有一种与生俱来的向往与神秘。我们的正史、野史、诗词、传说，像一块巨大的黑丝绒，其上缀着无数星光闪烁的宝石：和氏璧、隋侯珠、杜十娘的百宝箱、水晶宫的白玉床……最珍奇的是那块来无影去无踪的通灵宝玉——假如没有它，中国文学史上最伟大的著作将无处落笔。

俗话说，玉不琢不成器。这话说得太滥，我们已习惯于径直去理解它的引申义，反倒忽略了它本身所描述的过程。琢玉是很残酷的——在一块成功的饰物之后，壅着一堆碎屑。在许多年代里，它们只是彩色的垃圾。

3月的桂林，烟雨如画。在参观了广西宝石研究所璀璨的宝石之后，主人热情相邀："再去看看我们的宝石画吧！"

知道漆画、铁画、羽毛画、麦秸画，不知道天下还有宝石画！

很小的一间房屋，普通的两张台案。见不到什么绘画器具，只有几十只素白的碗碟摆在桌上，盛得鼓尖，好像好客的乡下人摆下的丰盛宴席。

碟子里的菜可不能吃哟！每只碗里，盛一种宝石的碎屑，翡翠、密玉、红蓝宝石、紫晶、碧玺、蔷薇石……粗粝的如同火柴头大小，细腻的就是彩色的富强粉了。

因了那份毫不混淆的纯粹，因了那份无可挑剔的晶莹，宝石的粉末成了一种绵里藏针的绮丽之物。

凝固的鸽血一般的红，南极洲冰下海水一般的蓝，大漠一般焦灼的黄，原始森林初生嫩叶的绿，若有若无的轻粉，袅袅婷婷的弱紫……目光在五颜六色中沐浴，我疑心自己的眸子要被染成彩虹。

所有的语言都显出一种笨拙，所有的比喻都像窄小的床单，覆盖不了宝石给我们的感觉。词汇被宝石吓住了。我们已习惯说雨后的天空蓝得像一块宝石，待我们看到真正的蓝宝石时，再湛蓝的晴空也无法达到那种晶莹。在真正的宝石面前，只能悄然不语，凭借心中久久的惊讶，记住它的神秘。

几乎是世界上最小的加工厂了，只有两名艺人，都是年轻的女子，在默默地作画，仿佛怕惊动玉石的精灵。

宝石画其实是以宝石粉末颗粒为笔锋，以石为墨，将天然色泽和花纹各异的宝石碎屑粘贴镶嵌在麻布或瓷盘上，形成一幅幅独特而诡谲的画面。

最初的构图是用透明的胶水勾勒而出的。一位艺人拿着牙膏似的胶管在画布上蜿蜒，有轻微的醇味在空气中游蛇似的窜动。胶似干未干之时，她纤巧的手指捻一撮极渺细的蓝宝石粉末，像抚摸婴儿面颊似的在布的上空一抹，一条波光粼粼的漓江便晃动起来。

另一位艺人在点染黛玉。腮上涂了胶，像是终日洗面的泪痕。芙蓉石粉撒上去，这娇美聪慧的女儿便有了永不消退的红颜。

椰子树婆娑摇曳的叶片，是用翡翠镶嵌而成，春夏秋冬长绿；史湘云的石榴裙，是用真正的石榴石拼接连缀，日晒水洗不旧不残。

画出漓江的女艺人，像烹调大师一样忙碌着。从碗碟中拈出原料。灰蓝色的贵翠铺出一片宁静的土地，阿富汗的青金石叠出桂林骄傲的象鼻山……最后用棕黄色的虎睛石粘出一叶小舟……

“您说，这象鼻山上是不是还该有点什么？”女艺人问。她并不回头看我，只是看画，一会儿凑下身去端详，一会儿又端起画布，像火车铁轨似的伸直双臂，脖子尽量往后仰，拉开距离打量……

“空荡荡的山，终是有点冷清……”我思忖着说。

她点点头，捏起一把女人修眉毛的小镊子，像挑食的孩子，在碟子里急促翻拣起来。好容易挑中一粒宝石，往画布上一比量，啪地丢回碗中，发出清脆声响，仿佛两粒子弹相撞。

终于，女艺人夹起一粒粟米大的黑玛瑙，把它精细地粘结在象鼻山的山洞里，又挑选了一粒更小巧的红宝石，挤在一旁。

噢，好一对亲热的情侣！这一幅宝石画，因了这一双依偎的彩粒，漾起了浓浓的春意。

女艺人们作画是没有底稿的，全凭目光在宝石堆里搜寻，看到个什么，想到个什么，就画出个什么。由于天然宝石原料的可遇而不可求性，每一幅创作都是孤本。

“你们总共画了多少幅？”

“上千幅了。”她俩说。

“那怎么周围一幅成品都不见？”我巡视一圈，除了一台远红外取暖器，别无长物。

“都叫人买走了啊！粘好一幅，拿走一幅，有时站在一边催，催得你心慌慌……有一次，我俩一起画了幅大型花卉，好富丽呀！因为太贵，暂且没人买，我俩好喜欢，天天看，都不敢相信是自己粘起来的……可惜呀，还没喜欢够，只看了七天，就被外国人买走了……该买个照相机把它照下来……”两人抢着说。

她们俩的美术都是自学的，然而天分极高，作品销往港台一带，很受欢迎。我同她们聊着天，很融洽。

“我的一个纸包，你看到没有？”画黛玉的女子对画漓江的女子说。

“没有啊！别着急，我帮你慢慢找。”

两个女子便在碗碗碟碟中翻拣，似乎把我忘了。

“我那日在玛瑙碗里发现一块黑色的，像极了一个女人的胸，我就把它留出来。过了些日子，又看到一块羽毛条纹的白玛瑙，像一条裙子，就是跳芭蕾舞短而泡起的那种……后来又寻到了淡红玛瑙的胳膊和腿……我把它们都藏在一个纸包里，很小心地收起，怎么会没有了呢？”画黛玉的女子把白碟子敲得仿佛要碎掉。

粘漓江的女子不作声，细细寻觅，轻声说：“找到啦！你怎么就不看看眼底下！”

“我们画个玛瑙人送给你！”两人说。

我深深感谢这份温馨的情意，只是定睛看去，心中又暗暗失望：这哪里是美丽的玛瑙人啊？只是一堆零碎的半透明小石片！

这就像是哪吒的莲花身，看看每一截儿都不像，合起来就稳是那个人了。画黛玉的女子在一张白纸上随笔勾了个图，果然是翩翩欲飞的舞蹈形象。

“我给你胶，你回去照这个样子一粘就画出来了。”她说。

“我可是个笨手笨脚的人……”我没把握地说，心中半信半疑，“这把碎屑真能变成那般婀娜吗？”

“我帮你粘起来吧。”画漓江的女子说。

她找来一块白布，敷在一块纸板上，一个简单的画框便出来了。她灵巧地抹着胶，把碎玛瑙按在上面……仿佛她的指尖有魔力，那个舞女轻盈地飘落在画布上：起伏的胸，雪白的裙，挺拔的腿，高昂的头……尤其是她的双臂，像展开的翅膀，仿佛在向苍天祈求着某种祝福……

“好吗？”她俩歪着头问我。

“好，极好。”我由衷地说，惊讶于这两个山野中的姑娘对于石头的想象力。

“好像……单薄了些，她张着两只手，像在求什么，求什么呢？什么……”画黛玉的女子自言自语。

她俩便一齐静默了，你望着我，我望着你，彼此的瞳孔里却都没有对方的影像，一片空茫。

我不敢插言，怕打破了她们的想象。

“让她祈求月亮吧。”画漓江的女子怯怯地说，好像怕惊飞一只鸟。

“好！就找一颗紫月亮！”画黛玉的女子叫着，把盛满紫牙乌宝石的碟子搅得翻江倒海。

“紫月亮？”我轻轻地讶异！

“对！紫月亮！在最晴朗的夜晚，你久久地盯着月亮看，直到眼睛酸了都不要眨，就会看到月亮透出紫色……”画漓江的女子说。

她俩配合得真默契。我想，是宝石给了她们相通的灵犀。

“那么是初月、残月，还是满月呢？”画黛玉的女子问。

“满月！是满月！”我们三个几乎一块儿喊出。无论从画面的构图重心，还是从玛瑙人企盼的虔诚，那里都只能悬挂一轮满月。

我们像秋风扫落叶一般寻觅每一个角落，把宝石的盆盆碗碗翻得一片狼藉。我们终于找到了两个备选月亮，一个是滴溜溜圆的紫牙乌，规整的形状仿佛用圆规画过，圆得不可思议；一个是锆石的，好像浸在水中，略椭了一些，然而极其晶莹透亮。

紫色的月亮啊，哪一轮更圆？哪一轮更亮？

她俩费了斟酌，反复商量，几乎吵了起来，又征求我的看法。我说了，她们却又不听。

最后，终于照画黛玉的女子的意见办了：在玛瑙人的上方，粘了一轮皓月——用真正的锆石所剪裁的月亮。

“月亮可以不圆，但月亮必须要亮。”她说。

“谢谢你们！”我发自肺腑地说，“回到北京以后，我一定把玛瑙人挂在桌前。祝你们画出更多更好的宝石画。”

“我们一定要画得更好，只是，不可能画得更多。”她们说着，打开远红外取暖器，烤自己颀长而冰冷的手指。桂林的3月，阴雨连绵，空气中有一种潜移默化的寒意。

“为什么呢？”我不解。

“因为宝石是很稀少的。选料要很严格，颜色、质地、花纹都是天然的，要把它们搭配在一起，显出一种美，是马虎不得的……”她俩对我说。

手指烤热了，她们又在冰冷的宝石粉屑中翻拣……

此刻，玛瑙人正立在我的案头，仿佛在向皎洁的月亮祈求什么……每当我写作困顿的时候、慵懒的时候、敷衍的时候、畏葸的时候，我就想起两个创造它的普通女工。

我便振作起来，不敢懈怠。